서울, 　　　　취 1

이종성 저

백산출판사

속도를 뚝 떨어뜨린 골목길, 그 길에는 표정이 있다. 시간이 보이고, 사람들의 얼굴이 보인다. 그것은 변모하는 시대의 자화상이며 역사다.

장소가 다르면 환경도 다르다. 환경이 다르면 사람도 다르다. 그렇게 서로 다른 서울의 다양한 골목길은 지도다. 지도를 따라 걷는 즐거움은 일상에 대한 스스로의 보상이며 위로다. 그냥 단순히 걷기로만 끝난다면, 걸음이 아깝다고 두 발이 투덜거릴 것이다. 걸으면서 발견하는 새로운 서울의 표정은 안목을 높여주고, 골목의 이야기들은 내 삶에 새로운 스토리텔링(storytelling)이 되어 나를 한 권의 책으로 완성해줄 것이다.

서울의 골목길은 어디로나 통해 있다. 고궁, 북촌, 서촌, 서울 성곽, 남산, 인왕산, 북악산, 낙산, 시장, 청계천, 중랑천, 정릉천, 홍제천, 양재천, 압구정동, 한강, 관악산, 북한산 등을 그물처럼 이어준다. 아름다운 서울의 자연 경관과 문화유산들이 언제나 우리를 기다리고 있다.

우리는 한동안 만날 수 없었다. 코로나19 감염병으로 인한 사회적 거리두기는 우리의 만남을 보류시켰었고, 만나도 대화를 나누기도 어려웠었다. 코로나 역시 불신이 만든 불화였다.

이제 마음 놓고 즐겁게 나들이를 가보자. 봄바람, 여름비, 가을 단풍, 겨울 눈 맞으며.

서울, 골목길 이야기 1

삶은 누적되며 흔적을 남긴다.

  서울 정릉에는 최소한 조선 왕조에서 근·현대까지 우리 역사를 아우르는 얼개와 단면들이 존재하고 있다. 서울을 대표할 만큼 자연경관이 빼어난 곳으로 그 풍광이 매우 아름답다. 산이 그렇고, 물이 그렇고, 예부터 사람들이 더욱 그랬다. 지금도 여전히 청수동천(淸水洞天)을 품고 있으며 어느 명소와 견주어도 손색이 없는 곳이다. 산수와 인문을 즐겼던 옛사람들은 물론 오늘날에도 많은 사람들의 입에 문화와 예술이 꽃피었던 정릉 문예시대가 회자되고 있다. 정릉은 그런 예술과 문화를 꽃피울 만한 원형적 미를 간직하고 있다. 특히 정릉3

동 정릉골 일대는 매우 독특한 분위기를 간직하고 있는 곳이다. 지금은 개발을 앞두고 빈집들이 널리 산재해 있다. 현대성, 편리성에서 본다면 주거 환경은 분명 낙후된 것이 사실이다. 그렇지만 획일적인 수많은 아파트 단지나 서울의 다른 지역이 갖지 못한 정릉만의 독특한 환경과 문화는 뚜렷한 개성으로 거의 유일한 것이다. 1950년대부터 1970년까지 내로라하는 작가와 예술가들이 정릉에 터를 잡고 정릉의 예술과 문화를 꽃피웠던 것도 그런 사실을 뒷받침하고 있다. 안타깝게도 개발의 물결로 그 모든 것들이 사라질 위기에 놓여 있다. 더 늦기 전에 그것들이 생생한 역사와 시대의 자화상이 되도록 담아보고자 하였다. 정릉은, 이제 과거 유산에서 미래 유산이 되도록 방향을 전환해야 할 시점이다.

예술은 부족한 데서 시작된다. 잉여로서가 아니라 결핍과 결여에서 출발하는 것이다. 사실성, 상징성, 환유성, 전달성에 입각하여 카메라를 들고자 하였고, 삶을 오간 골목길이 인간과 자연은 물론 문학과 역사와 철학을 배우는 시간이었음을 증명하고 환기시켜 주는 인문학적 시각으로 초점을 맞추려 했다. 힘들었던 한 세대를 살며 남들보다 더 가파른 비탈, 미로 같은 골목을 복잡하게 올라 세상을 바라보았던 그

망망한 마음을 담담하게 그리고자 하였다. 서로가 이웃이 되어 함께 살았던 그리운 얼굴들을 책갈피 속에서 만날 수 있으면 좋겠다. 담장 안 수런대는 이야기들이 다시 들리고, 우리 가슴에 묻힌 기억의 풍경들이 되살아난다면 서로 위로가 되겠다.

2022년 정릉에서

이종성 저자

차례

제4부

남루한,
그러나
영롱한
눈물인
것들

제1부

존재하는, 그러나
사라지는 것들

기억의 미로, 눈귀로 더듬는 아리고도 시린 풍경들
골목을 도는 바람을 만나러 갑니다

골목길

　낮 동안 골목은 잠잠하다. 가끔 사철나무 울타리에서 앵두나무가 있는 오래된 기와집 뒤란으로 담을 스칠 듯 낮게 날아가는 참새 떼와 뒷산 덤불숲에서 작은 방울소리를 내며 마을로 내려오는 붉은오목눈이들의 푸르릉거리는 날갯짓 소리를 빼고는 골목은 휴일에 문을 닫은 아랫동네 시장처럼 한가롭다. 어쩌다가 가끔 낯선 여행자들이 들어오기도 하지만 그들은 대부분 걸음이 조심스러워 한낮의 평화를 함부로 방해하지는 않는다. 동네 개들도 이쯤에선 몸을 구부리고 부드럽고 따뜻한 허리의 털에 코를 박고 잠에 빠져 있을 때다. 전봇대들은 여기저기로 복잡하게 뻗은 선들로 칭칭 묶여 있어 옴짝달싹 할 수 없어 꿋꿋하게 자리를 지키고, 그 덕에 골목 또한 단단하게 결박되어 있어 아무도 골목의 고요, 골목의 평화를 떼메 가져가지는 못한다. 골목은 그럴 때 요지부동이며 낡은 집들은 답을 얻은 수행자들처럼 아무런 흔들림이 없다.

고요한 골목에 살가운 바람이 올라오며 다시 활기를 띠기 시작하는 것은 오후 서너 시쯤이다. 이쯤이 되면 온종일 집에서 혼자 누군가를 기다렸던 해바라기는 까치발로 담장 너머를 쳐다보느라 길게 목을 뺀다. 맨 먼저 멀리서 아이의 얼굴이 보이기라도 하면 해바라기는 싱글벙글 얼굴이 환해진다. 학교에 갔던 아이들이 삼삼오오 돌아오기 시작하면 골목은 어김없이 수런거리기 시작한다. 집 앞에 도착한 아이가 대문을 열고 들어갈 때면 바람은 기다렸다는 듯 이때를 놓치지 않고 서로 몸을 밀치며 우르르 쏟아져 들어온다. 화단의 꽃들은 다투어 바람을 붙잡고 놀며 향기를 골목마다 나른다. 골목으로 퍼져 나간 향기는 다시 골목을 깨우며 사람들을 부르고, 귀가하는 사람들을 기다린다.

골목은 사람들의 목소리를 들으며 사람들을 나르고 깊어진다. 하지만 골목은 담장 너머로 비밀을 말하지 않는다. 비밀이 많을수록 골목은 사람들을 품고 그들의 동선을 지키며 미로가 된다. 골목이 없으면 동네도 없고 사람도 없다. 로마에도 뉴욕에도 서울에도 골목은 어디나 있다. 그 골목들로 세상은 열리고 연결되며 사람들은 이어진다. 골목은 시간이 지날수록 걸음이 누적된다. 큰 걸음, 작은 걸음, 바쁜 걸음, 느린 걸음, 멈춰선 걸음 등 무수한 걸음들로 채워지며 또한 골목은 걸음들로 비워진다. 골목은 첫새벽부터 부리나케 집을 나서는 걸음들을 기억하고, 밤늦게까지 돌아오는 걸음들을 외등과 함께 기다린다. 골목길의 외등은 어둠의 청지기다. 매일 밤을 뜬눈으로 지새우다 아침이 되어 훤해져야 외등의 밤은 끝이 난다. 아침을 먹은 사람들이 모두 밖으로 일을 보러 나가고 집을 비운 사이 외등은 담벼락에 몸을 기댄 채 퀭해진 눈을 붙이고 잠의 나락으로 떨어진다. 이때는 비탈길을 올라오는 오토바이 소리도 혼곤하게 잠든 외등을 깨우지는 못한다. 외등이 잠에서 깨어나는 때는 언제나 학교를 마치고 돌아오는 아이들의 재잘대는 소리가 들리는 시간이다. 그러나 요즈음은 사정이 다르다. 하나 둘 딴 곳으로 이사를 가거나 학교에 들어가는 아이들의 수가 줄어들면서 산동네 골목은 해마다 점점 야위고 있다.

한차례 아이들의 웃음소리가 지나가고, 해거름녘이 되면 골목길 어귀마다 외등이 다시 켜지고 어두워지면서 불빛은 더 밝게 빛나기 시작한다. 돌아올 식구들을 위하여 부엌에서 저녁밥을 짓는 소리가 들려오고, 찌개가 보글보글 끓으며 집 가까이 이른 걸음들을 빠르게 재촉한다. 저 아래 버스 정거장에서는 버스가 들어올 때마다 한 무더기의 사람들이 몇 차례 쏟아져 내리며 골목은 발걸음 소리들로 꽉 메워진다. 골목은 사람들이 집으로 돌아오는 그런 왁자한 때, 자신이 비좁아지는 그런 때가 좋다. 집에 들어와 식구들이 달그락달그락거리며 밥을 먹는 소리를 들을 때가 골목은 가장 행복한 때다. 저녁을 먹고 나면 골목은 조용해지고, 이따금씩 들리는 발소리에 귀가 쏠린다. 그 조용한 시간 도심지의 골목 식당과 선술집은 퇴근한 사람들로 분주할 때다. 누군가를 만나 밥을 먹으며 술 한잔을 나누는 시간은 도시인들에게 그 어떤 것들과도 바꾸기 어려운 즐거움이자 행복이라는 걸 골목은 안다. 하루를 마치고 오늘을 내려놓음으로써 오늘은 또 내일을 만나러 미리 마중을 간다. 막걸리 한잔에 마음까지 불콰해져 밤늦게 돌아오는 이를 기다리느라 강아지는 계단 아래까지 내려가 골목을 서성인다. 뚜벅뚜벅 걸어오는 익숙한 발걸음 소리, 대문을 열고 들어가는 모습을 본 후에야 골목은 그제야 마음이 놓인다. 이제 밤이 깊어지고 이야기 소리가 잦아들면서 골목은 집집마다 푹신한 이불을 도톰하게 편다.

방에 불이 꺼지고 창문이 어두워져도 골목은 잠이 들지 않는다. 어떤 날은 하늘의 별들처럼 심야까지 소곤대는 소리가 골목 사이를 흐르고, 또 어떤 날의 밤은 모든 말들이 잠적하여 골목에는 알 수 없는 미묘한 침묵만이 흐르기도 한다. 얼마나 서로를 꼭 끌어안고 자는지 가시버시들과 연인들의 숨소리조차 새지 않는다. 골목은 잠이 드는 밤이 없다. 잠들지 않아서 시간의 끝점까지 아름다운 풍경을 만들며 오래오래 사람을 품는다.

도시에서 골목은 지도다. 골목은 사람을 잃지 않는다.

골목이 길이다
사람도 바람도 함께 쓰고 왔다 간다
이 길 저 길 쌓이는 걸음들
골목은 길을 잃지 않는다

골목이 집이다
해와 달도 함께 살고 왔다 간다
이 집 저 집 쌓이는 꿈들
골목은 집을 잃지 않는다

골목이 품이다
기쁨도 슬픔도 함께 품고 왔다 간다
이 품 저 품 쌓이는 눈물들
골목은 품을 잃지 않는다

골목이 지도다
우리 동네 사람도 딴 동네 사람도 왔다 간다
이 사람 저 사람 쌓이는 숨소리
골목은 사람을 잃지 않는다.

「골목」

빈집

　기다림이다. 기다림이 있어서 버틴다. 네가 대문을 열고 나
간 이후로 너는 오늘까지도 너무 오래 돌아오지 않고 있다.
가져가다 만 몇 남지 않은 세간은 먼지에 묻히고 빛을 잃
었다.

　바람은 가끔 굳게 닫힌 대문을 밀어보지만 경첩도 빗장도
녹이 슬어 삐걱거림조차 없다. 네가 떠난 후에 찾아오는 이
는 없었다. 이따금씩 대문에 꽂혀지는 체납고지서가 아니면
나는 치매에 걸린 사람처럼 내 주소조차 가물가물하여 잊었
을지도 모른다. 아무리 그래도 나는 여전히 너를 기억하고
있다. 그날 네가 양손에 보따리를 들고 밖으로 나가서 대문
을 잠그던 그 소리를 나는 잊을 수가 없다. 그날 나는 이미

갇힌 것이었다. 보통 때 같으면 너는 그냥 문을 닫기만 하고 나가서 저녁 무렵에 들어오거나 늦어도 골목길 외등이 기다림에 지치기 전에 너는 돌아오곤 했었다. 하지만 너는 다음 날에도 또 그다음 날에도 돌아오지 않았다. 네가 떠나기 전 너는 내게 아무런 말을 해주지 않았다. 나는 그때도 그랬고, 비록 지금 네가 돌아오지 않아도 나는 너 하나만을 보며 살고 있다. 아니 겨우 버티고 있다. 내가 언제까지 버틸 수 있을지는 솔직히 나도 모른다.

그리움이다. 그리움으로 나는 버틴다. 내 그리움은 발이 없어도 밖으로 나가 경국사 아래 골목을 기웃거리고, 날개가 없어도 담장 너머 북한산 칼바위까지 날아올라 시내를 멀리 바라본다. 더 먼 곳까지 나가보고 싶지만 내 그리움이 지쳐 돌아오는 길을 잃고 너 없는 이 폐허의 빈집으로 귀환하지 못할까 두려워 나는 이 정릉 언저리를 벗어나지 못한다. 아침부터 저녁까지 진종일 서성거려도 마지막은 언제나 붉은 노을에 젖어 돌아올 뿐이다. 일몰에 젖어 겨우 귀가하는 그 헛헛한 발걸음이 무언지 너도 모르진 않을 것이다. 눅진눅진해진 혼곤한 몸을 차디찬 방바닥에 뉘면, 여기저기 내 그리움이 마른 나뭇가지처럼 꺾이는 소리가 들린다.

밤이 깊을수록 그 소리는 사방으로 번지며 더 큰 소리로 바뀐다. 어쩌면 그것은 환청일지도 모른다. 나는 그래도 그런 밤이 무섭지 않다. 네가 부재하지만 이 빈집에는 이미 너의 숨소리가 깊이 배어있기 때문이다. 이미 빈집이 되어버린 나는 여전히 너의 호흡으로 숨쉬고, 너의 걸음소리를 기억하며 늙어가고 있다. 그것은 단순한 추억이나 풍경이 아니다. 삶은 추억과 풍경을 만들어내지만 인생의 의미 없이는 모두 스러지는 것들이다. 너는 나의 의미다. 그 의미로 나는 아직 폐허가 아니다. 비록 천장이 새고, 서까래가 기울고 처마가 가난한 가장의 어깨처럼 축 처졌지만 너는 아직 나의 기둥으로 내 빈난한 그리움을 떠받치고 있다. 네가 이 세상 어딘가에 있는 한 나는 빈집이 아니다. 네가 돌아오기까지 나는 버틸 것이다.

버티고 사는 것이 삶이다. 삶은 빈집이 아니다. 어디선가 꽃씨들이 용케 모여들어 마당가 귀퉁이에 자리를 잡고 산다. 내가 그것들을 돌본다고 생각했는데, 아니었다. 그것들이 나의 기다림과 그리움을 돌보고 있었다. 나팔꽃, 분꽃, 채송화, 봉숭아, 풍선초 등 나는 지금 그 꽃들이 나의 식솔이며 위로다.

그 사이 조금은 여유가 생긴 것일까. 기웃거리던 골목과 고개 언저리에 붙잡혀 있던 내가 하늘을 보는 시간이 많아졌다. 여전히 해가 뜨고 달이 뜨며 빈집에도 별들은 가끔 마실을 온다. 나는 생각한다. 지금 나는 어쩌면 가장 긴 일식과 월식에 들었을 것이라고. 일식의 새까만 그리움 뒤로 가려진 본디의 해는 분명 나타나기 마련이다. 거짓말처럼 월식을 끝낸 달처럼 너는 환하게 얼굴을 내밀 것이다. 저 굳게 닫힌 대문이 쾅, 열어젖혀지며 네가 올 것이다.

네가 분명 올 것이다. 🌰

네가 떠난 이후

나는 줄곧 빈집이다

퍽, 하고 무너져야 하는데

무너지지 않는

맥없이 픽 쓰러져야 하는데

쓰러지지 않는

지팡이 같은 이 그리움

집어던지지 못하고

짚고 서서 버티고 있다

굳게 닫힌 대문

녹슨 빗장은 언제 열리는가?

지붕은 새고 서까래는 빠지고 처마가 축 처졌다

나는 기다릴 것이다

이 폐허를 거부하는

몇몇 꽃들과 같이

나는 외로움도 함께 지킬 것이다

너는 돌아올 것이다

너에게도 체납고지서 같은 뭔가가 있어
걸음을 독촉하는 날
너는 내게 돌아올 것이다

잊지 마라
내 그리움에, 나의 기다림에
너는 내야 할 세금이 있다

「빈집」

고드름의 눈물

고드름은 한 방울씩, 한 방울씩 눈물을 떨어뜨리며 시간을 길게 늘인다.

한겨울 추위가 매섭다. 세상은 꽝꽝 얼어붙고 길들은 반질반질 얼음판이다. 올라가는 계단도 내려가는 계단도 조심스럽다. 지붕에 쌓인 눈들이 낮 동안 녹아서 흘러내리던 물이 처마 끝에 얼어 고드름이 달렸다.

고드름은 조금씩 흘러내리는 눈 녹은 물이 무슨 눈물이나 되는 듯이 흘려서는 안 된다는 듯, 우는 걸 들켜서는 안 된다는 듯이 한 줄기도 놓치지 않고 붙잡아 제 몸을 아래로 길게 늘인다. 고드름은 어쩌면 아무도 알지 못하는 슬픔이 있는 것인지도 모른다. 그 슬픔만큼 점점 더 길어지는 눈물의 길이, 그 아픔만큼 점점 더 무거워지는 눈물의 무게를 감당하느라 고드름은 지금 자신의 몸피가 혹한 속에서 불어나고 있는 것조차 모르고 있다. 고드름에게는 대엿새 몰아닥친 최강의 북극 한파가 자신의 눈물을 감추기에는 최적이다.

눈물을 지닌 것들은 모두 울음이 있다. 눈물이 몸인 고드름, 몸이 눈물인 고드름, 그 고드름이라고 울음이 없으랴. 고드름은 식솔들이 떠난 빈집의 적막을 안다. 고드름은 기다리는 사람들의 외로움을 안다. 고요하지 않으면 한꺼번에 무너져버리고 마는 허약한 슬픔을 고드름은 안다. 고드름은 그런 제 자신을 들키지 않으려고 처음부터 입이 없이 태어난 몸이다.

울고 싶어도 울지 못하는 고드름, 고드름은 슬픔이 넘쳐 제 눈물에 익사할 그 순간부터 눈물을 흘리기 시작한다. 말없이 똑, 똑 한 방울씩 떨어뜨리는 수정 같은 고드름의 눈물, 그 눈물은 얼음을 뚫고 얼음 아래 놓인 두꺼운 돌의 중심에 구멍을 낸다. 그렇게 말없이 고드름의 눈물이 깨지는 보석처럼 난파되며 내는 소리, 그 눈물이 내지 못하는 소리는, 소리가 전달하지 못하는 고드름의 무지갯빛 눈물은 이 지상의 가장 슬픈 클래식이다. 그것은 오펜바흐의 '재클린의 눈물(Les larmes de Jacqueline)'이다. 그 눈물의 선율은 이내 잔잔했던 바다를 뒤집어 엎어버리며 모든 바다의 현들을 일시에 끊어버리고 만다. 바다는 전복되고 거대한 해일이 밀려와 우리는 알 수 없는 이 세계의 끝으로 끝없이 밀려가고 아무도 찾을 수 없는 곳에 유폐되고 만다.

함부로 고드름 아래로는 지나가지 않는다. 고드름은 언제 제 눈물의 무게를 감당하지 못하여 철퍼덕 땅에 온몸으로 투신할지 아무도 모른다. 그 눈물의 낙하 무게를 감당할 이는 드물다. 눈물은 따뜻할 때는 한없이 부드럽고 촉촉하여 두텁게 언 가슴도 해빙시키지만 추울 때는 한없이 날카롭고 단단하여 극히 위험할 때도 있다. 눈물은 눈물이 안는다. 눈물이 눈물을 안는다. 눈물은 서로를 안아서 완벽한 하나가 된다. 둘이 모여도 하나, 열이 모여도 하나, 천 개가 모여도 그 역시 눈물은 하나가 된다. 하나의 눈물 속에는 빗방울 수만큼이나 많은 천 개 만 개의 눈물이 겹겹이 포개져 있다. 그러니 눈물은 가볍지 않다. 그 눈물 한 방울에 우리가 여지없이 부서지는 것도 어쩌면 당연한 일이다.

　우리는 모든 걸 삼킬 수는 있어도 눈물은 삼킬 수가 없다. 억지로 삼키려 하면 목울대에 걸려 숨조차 제대로 쉴 수가 없다. 우리에게 가장 아픈 통증은 눈물통이다. 산통도 알고 보면 눈물통이다. 태아도 그 눈물을 이 세상에 처음 터트리려고 파도처럼 산모에게 통증을 몰고 오며 그 자신도 시퍼렇게 멍이 들어 나온다. 눈물은 온몸이 머리여서 태아처럼 머리를 내밀 때가 가장 고통스럽다. 가슴이 뻐개지도록 아플 때 그때는 분명 눈물이 머리를 내밀 때다.

　맑고 영롱한 고드름의 단단한 눈물, 단단하지만 손에 쥐면 금세 녹아버리는 탓에 안기도 어려운 눈물, 아침햇살만이 유일하게 그 눈물 속에 들어가 고드름에게 따순 젖을 물린다.

한 방울 한 방울

똑 똑 떨어지며 새는 눈물

아무도 받아주지 않아서

얼음이 구멍 나고 언 땅이 팬다

저렇게 흘리지 않으면

포개지고 포개져 몸피가 불어나

감당할 수 없는 눈물의 무게

주체할 수 없는 눈물의 길이

들키고 마는 고드름,

고드름은 전생도 이생도 눈물이어서

입 없이 태어난 몸

고드름은 울지 못해

아무도 저 울음을 아는 이 없다

밤새 꽁꽁 얼어 무거워진

저 눈물 떨어지기 직전

아침햇살이 달려와 옷고름 풀고

무지갯빛 영롱한 눈물에

첫 젖을 물린다

「고드름의 눈물」

대문과 체납고지서

빛바랜 체납고지서들이 녹슨 대문 손잡이에 한 움큼 끼워져 있다. 대문은 아무런 잘못이 없는데도 괜히 미안스럽고 무슨 잘못을 한 것 같아 잔뜩 주눅이 들어있다. 저만치 골목 귀퉁이에서 낯선 발소리가 쿵쿵 울리는 날에는 무례한 무리들이 빚을 받으러 오는 것만 같아 가슴이 철렁 내려앉는다.

대문은 알고 있다. 언제부턴가 사람의 발길이 뚝 끊기면서부터 찾아오는 이가 아무도 없다는 것을. 그런데도 고지서는 심심치 않게 날아든다. 물끄러미 그것들을 바라보고 있노라면 전달되지 않는 부고를 보는 것처럼 슬프다. 더 이상 불이 켜지지도 않고 물이 나오지도 않는 빈집을 지키는 대문, 대문은 그런 기약 없는 자신의 처지가 꼭 전생에서 어긋났던 사랑을 막연히 또 기다리고 있는 것 같아 섧기만 한데 독촉은 쌓여 또 섧고 섧다.

점점 비좁아지는 대문의 손잡이, 우편배달부 아저씨는 아랑곳없이 올 때마다 용케도 찔러놓고 간다. 받기 싫어 몸으로 슬쩍 거부의 제스처를 보여도 아저씨는 틀림없이 전달했다는 듯 꾸깃꾸깃 꾸겨서라도 끼워놓고 간다. 날아드는 그 고지서들은 이제 한 손에 다 쥘 수 없어서 바닥에 흘릴 때가 많다. 대체 무엇을 독촉하는 것인가? 궁금하여 바닥에 놓친 그것들에게 눈길을 돌려보지만 눈까지 침침하여 무언지 확실히 알 수 없는 그것들은 눈비에 젖어 있거나 바짝 말라붙어서 대부분 알아보기 어렵다.

무엇이든 사용한 만큼 지불해야 한다. 그렇지 않으면 우리는 모두 채무자가 된다. 체불이 곧 빚이다. 빚이 없는 사람은 값을 치른 사람이며 그가 진정한 자유인이다. 빚은 갚아야 한다. 지금 당장 갚지 못하면 나중에라도 갚아야 한다. 그게 사람이다. 보나파르트 나폴레옹은 30년 후에 과일가게 할머니의 사과 값을 지불해서 빚을 청산했고, 그는 죽었어도 금화로 빛난다.

빚은 갚지 않으면 치워지지 않는다. 치워지지 않는 것들은 슬프다. 사랑 뒤에는 무엇이 남는가? 이별 끝에는 무엇이 기다리고 있는가? 그 어느 것도 알 수 없는 물음에 답하는 이 없어 대문은 오늘도 녹이 슬며 또 한 장의 고지서를 받는다. 🍃

사용한 만큼
지불해야 한다

빚이 없는 자는
값을 지불한 사람이다

체불하지 마라
대문도 빚을 지킬 수는 없다

치워지지 않는 독촉들이
문 앞에서 진을 치고 있다

「체납고지서」

아트라베시아모 코리안아쉬람

나는 나를 놔둘 것이다. 하지만 당신은 나 자신으로 있는 시간이 없다. 그렇기에 당신은 당신을 가만히 놔두지 않을 것이다. 겉으로는 혼자지만 당신은 이미 혼자가 아니다. 내 안에는 이미 어떤 누군가가 들어와 있고, 그 타인은 나를 혼자 있게 내버려두지 않는다. 내가 어떤 생각을 하기라도 하면 불시에 끼어들어 간섭하고 훼방을 놓는다. 인내심을 발휘해 보지만 얼마 가지 못하고 흔들려서 균형을 잃고 와해되어 평화는 깨지고 만다.

우리가 살면서 실제로 그런 일이 발생하면, 엉망진창이 된 나는 부정적인 감정 속에서 이별의 형식으로 타인과의 관계를 끊음으로써 조금씩 평화를 회복하겠지만 서로는 쉽게 청산되지 않는 상처를 남긴다. 당신은 그쯤에서 캐리어를 챙겨 다시 여행을 떠나거나 어느 조용한 곳에서 쉬면서 명상을 통해 치유를 모색할 것이다. 그런데 그 치유는 이상하게도 우리가 수행자가 아닌 한 맛있는 음식, 아름다운 자연, 낯선 장소와 사물을 통해서 이루어지기도 하지만, 대부분은 다른 부류의 사람을 통해서 더 잘 이루어진다. 우리는 그 과정 속에서 인생을 조금 더 알게 되고, 또 누군가를 만나게 되면서 새로운 삶, 새로운 사랑을 다시 시작하곤 한다.

생각이 많아 머리가 복잡한 사람은 걸음을 걷거나 다락방과 같은 자기만의 방을 찾아 벽을 보고 앉거나 촛불을 켜는 밤의 중심으로 들어간다. 그 한가운데가 아니면 그가 있을 곳은 없다. 그렇게 하지 않으면 견딜 수가 없다. 그 외의 모든 것은 더욱 그를 힘들게 할 뿐이다. 비로소 마음이 가라앉고 바라보는 심야의 별들은 진실로 한 번도 들어보지 못한 광대한 우주의 침묵을 들려주고 빛나는 신들의 눈빛을 보여준다. 그러기 위해서는 먼저 그가 켠 마음의 불을 모두 꺼야 한다. 불을 끈다는 것은 내가 아닌 다른 세계에 나를 일치시키는 일이다.

골목의 외등들이 간섭을 하지만 하늘의 별들은 그 빛에 광해를 입지 않는다. 그것은 충분히 떨어져 있기 때문이다. 우리가 종종 누군가에 의해 평화가 깨지는 것은 그 거리를 확보하지 못했을 때다. 물리적으로 떨어져 있으면 일시적인 안정을 주지만 자기가 바라는 근본적인 평화로는 이어지지 못한다. 내가 유지하고 있는 그 누군가와의 거리는 상대적인 거리다. 감정에 따라 마음은 일정하지 않고 들쭉날쭉하여 상황은 언제든 악화될 수 있다. 마음의 거리는 물리적인 거리처럼 멀고 가까운 것이 아니다. 감정에 따라 달라지는 거리는 위험한 거리다. 평상시에는 아무런 문제가 없지만 조그만 변화에도 그 감정은 자신은 물론 자신과 결부된 그 사람도 함께 흔들어 서로 균형이 깨지고 엎어지기 쉽다. 싫은 감정, 미운 감정, 분한 감정, 증오의 감정 등과 같은 부정적인 감정은 거센 파도를 일으켜 우리는 아주 쉽게 엎어지기 마련이다.

자기를 흔드는 모든 감정들 앞에서 늘 일정한 거리를 유지할 수 있을 때 평화는 깨지지 않는다. 상대적 거리가 아닌 절대적 거리가 평화를 준다. 꽃들을 보면 그 평화가 보인다. 꽃들은 부정적 감정 앞에서도 미소를 잃지 않는다. 미소를 지을 수 있다면 당신은 이미 치유된 사람이며 자유로운 사람이다. 그것은 혼자 있을 때의 자유로움이 아니다. 혼자 있을 때의 자유로움은 외로움으로 이어진다. 지금 당장은 자유롭게 느껴지지만 머잖아 외로움을 느끼고, 그 외로움을 메우기 위해 어떤 일에 자신을 몰두시키지 않으면 견딜 수 없게 된다. 그것은 자유가 아니다. 고립이다. 누군가와 함께 있어도 혼자 있는 것처럼 편안해지기 위해서는 하나의 방법밖에 없다. 나는 내가 아니라 그가 되는 것이다. 나의 감정을 그의 감정과 일치시키거나, 그의 감정이 나의 감정과 일치되도록 서로의 관계가 충분히 성숙해져야 한다. 부정적 감정이든 긍정적 감정이든 마찬가지다. 나의 감정, 나의 생각, 나의 마음이 상대방의 감정, 상대방의 생각, 상대방의 마음과 어긋나면서 평화는 깨지고 우리는 혼란스러워진다. 내가 상대방을 보려면, 상대방을 들으려면 먼저 나의 불을 꺼야 한다. 불을 끄고 '나'라는 밖으로 나와야 하늘의 별들은 보이기 시작한다.

사람과 사람, 사람의 모든 감정 사이에는 경계가 있다. 고착된 그 경계를 넘나드는 데 우리는 불편함을 느낀다. 그것은 종교도 마찬가지다. 모든 감정, 모든 종교는 하나의 뿌리다.

지상의 나무들은 모두 이름이 달라도 흙 위에 서 있으며, 지구를 한 뿌리로 한다. 기쁨과 슬픔 고통과 환희도 모두 눈물이 바탕이다. 경계는 서로 '다르다'라는 생각이 만든 것이다. '다름'은 분명한 사실이지만 '틀림'이 아닌 것도 명백한 사실이다. 그것은 옳고 그름의 문제가 아니다. 지독한 편견의 결과로 흑백으로 나뉘며, 분열을 조장한다. 모든 전쟁과 싸움은 늘 경계에서 일어나며 비극의 진원지가 된다. 경계는 질서를 강요하고, 그 강요된 질서는 질서 이전에 우리의 자유를 구속한다.

우리의 마음이 하나의 감정에 붙들릴 때 우리는 한쪽 발이 자유롭지 못하고 균형을 잃는다.

헐렁하게 입은 옷처럼 모든 감정을 편안하게 입을 수 있을 때 마음은 호수와도 같이 잔잔해지며 평화를 얻는다. 강가나 언덕에 서보면 안다. 경계를 넘나들며 시원하게 부는 자유로운 바람, 그 바람은 진정한 앤트바진(antevasin, 경계선을 왔다 갔다 하는 사람들)이다. 멀리서 보면 마른 듯해도 가까이서 보면 속이 꽉 찬 대게처럼 통통한 것, 그것이 우리가 놓친 행복이다.

한쪽으로 치우치면 무엇이든 바로 보이지 않는다. 치우치면 균형을 잃고 무너져 매몰되고 만다. 양팔저울은 좌우가 같은 길이, 같은 무게로 균형을 잃지 않는다. 그 양팔저울은 무게를 잴 때나 홀로 있을 때도 항상 평정 상태를 잃지 않는다. 그렇지만 우리는 누군가가 내 안에 올라오는 그 순간부터 편견으로 인해 그를 정확하게 판별하지 못하고 있는 그대로 받아들이지를 못한다. 모든 사물과 사람을 있는 그대로 받아들이는 것이 평상심이다. 기운 것은 기운 대로 긴 것은 긴 대로, 세모와 네모는 세모와 네모대로 두어야 조화는 무너지지 않고 세상은 아름다운 그림으로 남는다. 저울은 저울 밖으로 나가는 일이 없다. 저울처럼 고요하고 싶다면, 자신의 안으로 들어가야 한다. 아쉬람(ashram)은 인도가 아니라 내 안에 있다. 네 안의 모든 고요한 곳이 기도처며 명상의 장소다. 너는 아직 그곳을 밖에서만 찾고 있을 뿐이다.

때로는 명상보다는 키스가 좋다. 사랑하라. 사랑하면 키스도 명상이다. 사랑의 호르몬이 나와야 뼈도 딱딱하게 굳지 않고 부드럽고 강해진다. 단지 키스가 곧 육체적 사랑이라는 방정식, 그 감정의 등식으로부터 묶이지 않아야 한다. 하지만 그렇게 되기기까지 혼란스럽고 아프리라. 그 감정으로부터 도망가지 않고 맞붙어 싸울 수 있다면 그 불꽃이 혼란스러운 감정을 모두 시원하게 태울 것이다. 그럴 때 너는 웃을 수 있을 것이다. 네가 웃을 때 네 안의 오장육부는 얼굴보다 먼저 웃고 있어야 한다. 그렇지 않으면 지어낸 미소다. 그것은 억지로 만든 작은 균형이다. 작은 균형은 작은 파도에도 이내 깨지기 마련이다. 파도가 몰아쳐도 엎어지지 않아야 진정한 균형이다. 종종 사랑은 균형을 잃게 하지만 작은 균형이 엎어질 때 두려움도 함께 엎어지는 법이다. 본디 균형은 두려움이라는 불균형과 함께 배를 탄다. 한쪽으로는 건널 수가 없다. 그걸 알면 당신은 누군가에게 이렇게 말할 것이다. "아트라베시아모(attraversiamo), 우리 함께 건너요."

아쉬람은 요가 공동체다. 백여 개의 아쉬람이 있는 갠지스강변 인도의 리시케시는 아쉬람의 수도와 같은 곳이다. 1968년 비틀즈가 머물렀던 마하리쉬 아쉬람이 있다. 갠지스강의 발원지인 고묵은 빙하가 녹아 매년 후퇴하고 있다. 발원지의 이동이라니? 그것은 우리의 인생 자체가 곧 수행이라는 것을 넌지시 알려주는 사실이기도 하다. 내가 무엇이든지 간에 수행의 궁극적인 목표가 있다면, 그것은 평화다. 내가 선택한, 혹은 내가 선택하지 않은 것들에 대한 짐을 내려놓고 자유로워지는 것이다. 그래야만 나는 나로서의 진정한 삶을 살 수 있기 때문이다. 내 자유와 평화의 아쉬람, 그곳은 여전히 내 안에 있다.

멀리 가지 마라. 🍃

먼 곳을 찾아 헤매지 말아요

당신 안에는 이미

아무도 모르는 고요한 방이 있어요

그걸 아는 사람은 밖으로 떠돌지 않아요

더 지치고 아예 길을 잃기 전에

그곳으로 들어가면 돼요

어둠의 중심에 촛불을 켜고

잠시 그냥 앉아있어 보세요

일렁이던 바다도 점점 가라앉고

세상은 다시 고요해져요

당신의 슬픔을 마중 나온 눈물이

당신을 안아줄 거예요

지금 당신은 혼자지만 사랑은

당신을 혼자 두지 않아요

아시나요?

당신의 방에 촛불이 켜지면

당신의 눈동자는 빛나요

당신을 에워쌌던 모든 어둠들의 등대가 돼요

자, 이제 우리 함께 건너요
어서 손을 잡아요

「아쉬람」

윷놀이

잘나고 못나도 도긴개긴이다. 첫도는 세간 밑천, 조금 앞서 간다고 해도 개걸프기다. 꼼수 없는 윷판은 삼세판 엎어지기 아니면 젖혀지기다. 하나 젖혀지고 셋 엎어져도 되고, 둘 엎어지고 둘 젖혀져도 된다. 하나 엎어지고 셋 젖혀져도 괜찮다. 모두 다 벌렁 젖혀지면 허벌나게 좋고, 몽땅 죄다 엎어지면 참말로 더 좋다. 히죽히죽 웃음이 절로 나고 덩실덩실 어깨춤이 춰진다. 우리가 방혀 거쳐 한 동 날 때 저기는 한 동 달았다. 이미 앞밭, 뒷밭은 우리 거니 쨀밭, 날밭은 내 줘도 된다. 저 풋윷으로는 어림도 없고 장자방이 와도 별수 없다. 맘 놓고 힘껏 던져라. 설마설마 그깟 도를 못 나랴, 개를 못 나랴. 뙤개간에 논다. 타박타박 팔방을 돌더라도 외동무니 심심하면 어우르고 엎어 석동무니로 가자. 높이높이 시원하게 던져라. 또 사리 날지 누가 아느냐. 아니아니 잠깐, 그렇다고 낙은 말아라. 멍석 밖으로 나가떨어지면 한 사리 또 한 사리 와락와락 쏟아내는 용빼는 재주라도 아무짝에도 쓸모가 없다.

어라 어라 막동이 찌랄 고개로 넘어간다. 이제 저 말 잡아야 한다. 모 아니면 도다. 저거 잡고 한 새김 더해 성큼성큼 내달려 마지막 한 동을 내면 끝난다. 설령 안밧지로 개 걸 간에 놀지라도 이 판은 분명 우리가 이긴 판이다. 그래도 구석구석 살펴라. 꽂아 째다를 빙 돌아 날개, 날삼, 턱지에서 진치고, 마지막 참먹이에 멕이는 말을 기다리고 있는지도 모른다. 사려 안지는 범도 못 물어 간다지만 먹이놈도 마음 못 놓는다.

자, 이제 던져라. 이 한판이 네 손에 달렸다. 손바닥에 윷가락이 착착 앵기지 않느냐. 아귀 차게 잡고 숨 한 번 고르고는 야물딱지게 던져 봐라. '복 내리네 복 내리네 삼각산이 복 내리네, 모야!', '윷 나와라 윷 나와라 삼각산아 윷 내려라, 윷이야!' 걸이면 걸, 도면 도 부르는 대로 척척 나오는 신통방통 우리 윷 으따으따 신명이 났구나. 날렵하게 팔을 뻗어 휙 던지는 모습보다 더 멋진 춤사위가 어디 또 있더냐. 가뿐하게 솟아올라 하늘 한 번 툭 치고, 투두둑 멍석에 떨어지는 윤노리나무 윷가락 소리 시원하게 귓속을 두드려라. 보아라 보아라 뭔지 보아라. 마지막 하나까지 떼구루루 구르는 저 명수윷 윷가락을 보아라. 도냐 개냐 걸이냐 윷이냐 모냐?

아! 탄성과 탄식이 함께 쏟아지는 거방진 윷판, 입찬말을 모르는 보름달이 슬쩍 얼굴을 내밀고, 게염 없는 사람들을 보고 있구나. 이 아재 저 아재 할아재 서로의 웃음이 곰비임비 꽃보라로 이는 구순한 이웃들 냇내 밴 부침개 한 장, 잘름잘름 막걸리 한 잔에 여낙낙해진 꺼병이도 미쁘고 미쁘다. 저도 이겨도 흥겨운 건 마찬가지 고운매의 마늘각시 웃음이 넌출넌출 흰 여울이다. 🍃

아무렴 좋다 좋아

도도 좋고 개도 좋다

이제 시작인데 처음부터 너무 잘 나가진 말자

앞서거니 뒤서거니 주거니 받거니

걸판지게 쏟아지는 윷가락들

도 달아라 도 달아라

개로 업고 걸로 가자

혼자 가기 싫으면 업고서 가자

오늘 아침 윷점대로

밤중에 촛불을 얻는 격이니

만사형통이다

한동 두동 석동 이번이 막동이라

이제 한사리면 끝이다

윷 나와라 모 나와라

투두둑 투두둑

윷가락이 떨어진다

「윷놀이」

구멍가게

산동네에서는 놀러왔던 다람쥐도 집주인이 잠깐 집을 비운 사이 대문간을 오가며 집을 지키고, 냉큼 다녀올 주인을 기다린다. 어떤 때는 시간이 지나도 오지 않으면 구멍가게 앞까지 와서 안을 기웃거린다. 꽃분네 할머니, 영희네 할아버지, 철이 아줌마가 운영하는 전방 같은 올망졸망한 가게는 다람쥐에게도 친숙하다. 들어가는 문부터가 다르다. 천정이 낮고 여닫이보다는 작은 미닫이 형태의 문이다. 대형 할인마트의 휘황한 조명 아래 진열대를 꽉 채우고 열을 맞추어 각을 세운 채 세련된 모습을 한껏 뽐내는 물건들과는 판이하다. 라면, 과자, 알사탕, 막걸리, 소주, 사이다, 양초, 성냥, 건빵, 강냉이 등 대부분 소소한 것들이다.

소소한 것들은 가까이에 있고, 가까이에 있는 것들이 우리를 채워주는 거라는 조용한 메시지가 있다. 만일, 발을 들여놓았을 때 그런 메시지가 읽혀지지 않는다면 구멍가게가 아니다.

그것은 슈퍼마켓이나 대형 할인마트, 편의점 등에 해당된다. 격식을 벗어나 가게의 내부를 차지하고 있는 물건들을 찬찬히 살펴보면 참으로 세상 가장 편한 모습들이다. 주인이 진열을 해놓았다기보다는 그냥 저희들끼리 알아서 편하게 자리를 잡고 있거나 주인이 툭툭 던져놓았다는 느낌이다. 아무리 눈을 씻고 보아도 조급한 구석이 없다. 오히려 물건들은 가급적 오래 머물러 있고 싶어 하는 눈치다. 시간이 지날수록 구멍가게의 물건들은 느긋함과 정감이 쌓이지만 대형 마트의 물건들은 반대로 조급함과 독촉이 쌓인다. 구멍가게의 물건들은 경쟁하지 않는다. 대형 마트의 물건들은 억지로라도 생글생글 미소를 지으며 까다로운 손님의 비위를 맞추며 기다리지만 구멍가게의 물건들은 친근한 이웃을 기다린다. 물건들은 택배로 온 것이 아니라 꼭 놀러와 있는 것만 같다. 그것들은 으스대거나 과장하지 않는다. 언제 누구의 손에 들려가도 달랑달랑 기쁘게 간다. 어떻게 보면 그 물건들은 따라오라는 듯이 사람의 손을 잡고 재촉하며 앞장서서 바삐 가는 것 같은 착각이 들기도 한다. 그것은 차를 몰고 와서 커다란 쇼핑 카트에 짐짝처럼 묶여 트렁크에 갇혀 가는 대형 마트의 물건들과는 다르다. 한꺼번에 쓸어 담는, 싸게 할인 되는, 혹은 반품 되는 그런 차원이 아니다. 푸근한 정, 이웃들 의 따뜻한 미소, 정겨운 시간들은 한꺼번에 쓸어 담겨지지도 않고, 할인되지도 않으며, 반품 처리되지도 않는다.

꽃분네 할머니, 영희네 할아버지, 철이 아줌마는 동네 터줏 대감이다. 동네의 산증인이며 역사다. 문을 열고 들어오는 사 람의 발걸음 소리만 들어도 그가 누군지 안다. 물건을 사갖 고 나가는 사람의 뒷모습만 보아도 그 사람의 속이 어떤 것 인지 주인은 안다. 슬픔도 기쁨도 구멍가게에서는 감춰지지 않는다. 겨울바람을 막는 출입문의 김 서린 비닐처럼 막아도 그 안이 뿌옇게 흐려진 슬픔이 보인다. 한 귀퉁이 슬쩍 밀어 놓은 한 다발의 꽃다발처럼 프리지아에 섞이어 안개꽃처럼 피는 기쁨이 보인다. 주인이 자리에 없을 때 물건 값으로 돈 을 놓고 가도 허물이 아니다. 더러 외상 장부에 적고 가도 흉 이 되지 않는다. 구멍가게에는 흉허물이 없다. 구멍가게 주인 은 동네 사람들을 훤히 다 꿰고 있다. 동네 사람들은 구멍가 게 주인을 주인보다 더 잘 안다.

구멍가게는 우리의 출출함과 쓸쓸함과 홀홀함과 적적함과

헛헛함을 말없이 달래준다. 지금은 거의 다 사라져 가고 있
는 마음속 아련한 풍경들.

작고 소소한 것들
하나같이 편안하다
나도 저렇게 꾸밈없이
앉아 본 적 있었던가?
모두 올망졸망한 것들
이내 손에 잡힌다
나도 이렇게 가까이서
편안하게 잡혀준 적 있었던가?
너무 많지 않아서 푸근하다
조금 헐렁해서 외려 넉넉하다
라면 하나 달랑 사갖고 돌아가는 저녁
구멍가게에서는
눈도 비도 외상 사절
슬픔도 기쁨도
과다 지출되지 않는다

「구멍가게」

뜨개질

실마리를 잡는다. 나의 실마리는 언제나 나다. 나를 뜨고 너를 뜬다. 그게 순서다. 천천히 감는다. 부드러운 털실의 감촉이 손가락을 스치며 둥글게 감긴다. 무감각했던 대바늘이 체온을 얻어 이내 내 몸처럼 따뜻해진다. 한 올 한 올, 한 코 한 코 이어지는 뜨개질, 서서히 평화가 얽어진다. 심란했던 마음은 온데간데없고 바람이 물러간 호수처럼 잔잔해진다. 점점 빨라지는 손놀림 머릿속은 더 빠르게 정리되고, 실들은 갈수록 술술, 술술 풀어진다. 한 줄 한 줄 반복될 때마다 늘어나는 색깔과 무늬들 어떤 것일까? 목도리, 장갑, 양말, 스웨터 등 다 뜨기 전까지는 아직 아무도 모른다. 아무 말 없이 머릿속에서 손으로 옮겨오는 생각과 마음들 미리 말을 해줘도 그게 뭔지 아직 모른다. 조금 더, 더 지나봐야 안다.

옷을 오래 입으면 보풀이 생기거나 솔기가 벌어지고 터지기도 한다. 그대로 두면 보기도 안 좋고 입기가 거북스러워진다는 건 나도 안다. 그럴 때마다 나는 보풀을 뜯어내고, 솔기를 박아 새 옷처럼 만들어 주려고 했다는 건 너도 안다. 그런데도 너는 종종 토라지고 삐친다. 말을 시켜도 말을 하지 않으며 너는 갈수록 엉킨 실뭉치가 된다. 별 수 없이 나는 참고 또 참으며 네가 뭉쳐 놓고 간 냉랭한 침묵의 실뭉치를 풀어가며 가만히 뜨개질을 한다.

삶은 모두 연결고리, 나는 먼저 고리를 걸어서 나를 뜨고 처음처럼 나를 떠서 너를 뜬다.

부드럽고 따뜻한 앙고라, 캐시미어, 알파카 등 이 많은 실들이 어디서 나오는 것일까? 사랑하면 사랑하는 사람 안에 하나의 공장이 들어선다. 너를 만나서 너를 뜨기로 한 이후 내 안에 들어선 털실 공장, 네가 나에게 준 선물이다. 나는 그 선물을 풀어서 뜬다. 뜨개질을 하는 동안 나는 가끔 네게 묻고 싶다. 네게 나는 어떤 존재인지. 나는 너에게 진정 한 벌의 옷인가?

이제 오래되어 후줄근해진 그런 옷인가? 언제까지 너는 이유 없이 말을 안 하는 그런 밴댕이 소갈딱지가 될 것인가? 물론 나는 사람들이 듣는 데서는 그렇게 말하지는 않는다. 너는 여전히 자존심이 있고, 또 존중받아야 할 나의 서방님이니까.

어떻게 뜰까? 겉뜨기, 안뜨기, 한길긴뜨기, 두길긴뜨기, 빼뜨기 등 선택은 즐겁다. 어떻게 하면 더 좋고 예쁘게 나올까? 나는 오늘도 너를 생각하며 나에 대한 너의 이유 없는 은근한 서운함과 미움과 삐침과 화를 다시 도안한다. 나는 너의 그 어느 것도 버린 것이 없다. 다 받아주고 품어주었다. 어떻게 그것들을 다시 되돌려 줄까 고민하며 나는 오늘도 너를 그린다. 나는 그 설계도대로 너를 뜬다. 너를 떠서 독수공방 나를 지킨다.

자, 이제 보세요. 보기만 해도 따뜻한 털모자, 벙어리장갑, 무지갯빛 양말, 근사한 목도리, 오렌지를 반으로 잘라놓은 바람꽃 같은 수세미, 푹신하고 도톰한 니트웨어 등등 어떻게 마음에 드시는지요?

너는 나의 영원한 핸드 메이드(Hand Made), 나는 끝까지 너를 뜬다. 긴긴 실타래를 풀며, 끊긴 것은 이어가며 목숨의 실을 풀어 너를 뜬다. 🍃

당신이 뭉쳐 놓고 나간

엉킨 침묵의 실뭉치

실마리를 잡고 하나둘 풀어내며 바늘에 겁니다

천 번도 넘게 만 번도 더 넘게

잡아본 손과 안아 본 품

발끝부터 머리까지 곰곰

당신의 치수를 다시 생각하며

혹여 빠뜨리는 것은 없을까

도안대로 한 올 한 올

촘촘하게 엮어 당신을 뜹니다

삶은 모두 연결고리 이 고리와 저 고리

털실을 걸어 탄탄하게 얽어 짭니다

어디가 가장 추운가요?

발인가요 목인가요 등인가요?

당신을 생각하며 나를 뜹니다

가만가만 당신을 뜹니다

「뜨개질」

다듬이질

앞산도 뒷산도 결코 피할 수 없는 밤이 있었다. 달아나고 싶어도 한 걸음도 달아날 수 없는, 도망가고 싶어도 도망가지 못하고 옴짝달싹 할 수 없이 붙잡힌 밤이 있었다. 모두 체념하고, 실컷 두들겨 맞을 각오를 해야 했다. 하지만 사정없이 두들겨 맞는 그런 밤은 아프기보다는 서리처럼 속이 다 시원했다. 처음의 그 호득이는 소리는 감미로운 가락이다. 도드락도드락댈 때는 낭낭하고 은은하여 다독다독 재워줄 양 부드러워 아무도 신경을 쓰지 않는다. 하지만 층층시하 빨래를 해서 푸새를 먹인 삼대의 옷은 매일매일 잔뜩 쌓였다. 적삼, 겹저고리, 솜저고리, 고의, 잠방이, 겹바지, 솜바지, 조끼, 마고자, 두루마기, 치마, 다리속곳, 속속곳, 속바지, 이불 홑청, 베갯잇……

서리가 내리고 날이 부쩍 차지면서 장장추야 밤은 더 길어지고 한없이 깊어진다. 길어지고 깊어지는 것이 어디 가을밤뿐이랴. 여인네의 가슴에 오목오목 쟁여진 타래실 같은 한은 더 길고 우물처럼 깊기 마련이었다. 더군다나 오늘 밤은 맞방망이 소리가 아니다. 밤을 지새울 양 홀로 두들기는 다듬이 소리다. 똑딱 똑딱 똑딱 똑딱 또다닥 똑딱 똑딱 똑딱 또다닥 똑딱 또다닥 또다닥 또다닥 또다닥 똑닥 똑딱 또다다다닥 똑딱…… 처음은 보통 안단테로 느리고 피아니시모로 여리게 시작되며 알레그레토로 조금 빠르게 메조 포르테로 조금 세게 이어진다. 가락은 계속 바뀌며 알레그로로 빠르게 포르티시모로 매우 세게 바뀐다. 이때부터 다듬이 소리는 확고하고 단호해진다. 앞산과 뒷산이 긴장하는 순간이다. 사정없이 두들기는 다듬이질 소리는 여인네 자신의 가슴을 먼저 치고, 이어 앞산과 뒷산의 가슴팍을 연달아 암팡지게 후려친다.

귀가 조금 어둔 시어머니도, 짐짓 아무것도 모르는 체 침묵할 수밖에 없는 지아비도 그 순간만큼은 방망이질을 피할 도리가 없었다. 맞아주어야 했다. 그게 누구였든 그 시절의 여인네는 두들기지 않고는 도저히 풀어낼 길이 없었다. 빨라지다 느려지고, 느려지다 다시 빨라지는 다듬이 소리, 단조로운 홀 방망이 소리는 권태로운 시간을 흠씬 두들기고, 그러다

보면 세상 못 견딜 괴로움 속에서도 모든 것이 고요해졌다.

　다듬이 소리, 그것은 가슴의 응어리를 내리치는 한의 소리
이자, 완고한 가부장적 시대의 남성우월주의를 향한 항거의
외침이기도 했다. 그런 다듬이 소리는 도무지 밤새 그칠 기
미가 없었다. 독수공방 설움이 클수록 소리는 멀리 퍼졌고,
흐느끼는 울음처럼 애잔했다. 방망이질 소리는 절정을 지나
심야로 넘어가며 모데라토의 보통 빠르기로 조금 숙어지면
서 메조 피아노로 조금 여리게 바뀌며 끊어질 듯 끊어질 듯
다시 이어졌다. 소리는 소리를 물고 이어지며 안단티노로 조
금 느리게 메조 피아노로 조금 여리게 변하며 끝날 듯 끝나
지 않다가 다시 한차례 거대한 파도를 불러오며 세상을 산산
이 부숴버렸다. 그럴 때는 하늘의 별들조차 숨을 죽였다.
　한바탕 세상을 쥐락펴락하던 다듬이 소리는 뜰에 이슬이
축축해져서야 장중한 그라베에서 피아니시시모로 바뀌어 매
우 여리게 가슴을 쓸고 가면서 마침내 그치고, 방에 불이 꺼
졌다.

　다듬이질을 하기 위해서는 먼저 우물에서 빨래를 하고 푸
새를 해야했다. 손은 얼어서 닭벼슬처럼 붉어졌지만 푸새를

한 옷에서는 사락사락 눈발이 스치는 듯한 소리가 났다. 무명, 모시, 삼베 등은 다듬이질이 아니면 옷이 제구실을 하지 못했다. 양잿물에 삶아서 빤 하얀 빨래에 풀을 먹인 옷들은 더덕더덕 구김이 갈 수밖에 없었다. 그 구겨진 옷들을 펼 수 있는 것은 다듬이질밖에 없었다. 이때가 되면 '풀방구리에 쥐 드나들 듯'하던 남정네들은 다 어디로 갔는지 보이지도 않았다. 순전히 여인네들의 일이었다. 막내아들이었던 나는 종종 어머니의 집안일을 도와드리고 자질구레한 이러저러한 일들을 도맡아 했었다. 풀을 먹인 빨래는 다 마르기 전에 먼저 걷어서 이리저리 잡아당겨서 수축된 옷들을 일일이 펴줘야 했다. 특히도 광목이나 옥양목으로 된 이불 홑청들은 커서 누군가 반대편 끝을 잡고 함께 잡아당겨 주지 않으면 주름을 펴기가 어려웠다. 어쩌다 형들과 서로 잡아당길 때 장난삼아 힘에 못 이긴 척 슬쩍 끝을 놓기라도 하면 형들은 영문도 모르고 졸지에 뒤로 벌러덩 나자빠지기도 했다. 그것은 형들이 가끔 무소불위로 휘두르는 알량한 권력에 대한 막내의 일종의 복수였다. 다듬이질은 그렇게 먼저 푸새한 옷의 주름을 펴고 시작되는 일이었다. 다듬이질을 통해 씨실과 날실은 다시 치밀해지면서 탄력을 회복하고, 풀이 안으로 고르게 퍼지면서 옷감이 지닌 본래의 고유한 광택이 난다는 걸 뒤늦게 알았다.

　제아무리 고운 비단도 다듬이질 없이는 그 빛을 잃었다. 무명과 모시는 다듬이질을 하지 않으면 꾀죄죄한 것이 영 볼품이 없었다. 윤이 나고 보드랍고 반드러워지는 것은 모두 이 다듬이질의 몫이었다. 아버지의 두루마기 그 날카로운 선도 모두 다듬이질 이후의 일이었다. 옷감도 그냥 다듬잇돌 위에 올려놓는 것이 아니었다. 차곡차곡 다듬잇돌의 크기에 적당히 맞추어 겹겹으로 잘 접어서 올려놓아야 했다. 그렇지 않으면 단단한 방망이에 애꿎은 옷감만 상할 뿐이었다. 또한 본격적인 다듬이질 이전에 다듬잇돌 위에 올려놓고 올라가서 발로 자근자근 밟는 밟다듬이를 하고 나서 시작되었다. 그때는 몰랐지만 그래야만 살이, 살이 오른다고 했다. 아버지의 두루마기처럼.

　나는 형들과는 달리 외탁을 했다. 키가 매우 크셨던 외할머니와는 다르게 외할아버지는 체구가 작으셨다. 그런 나를 형들은 대추나무 방망이라며 형들보다 작다고 놀리곤 했었다. 하지만, 나는 대추나무 다듬잇방망이처럼 단단하지 못하여 어릴 적에 잔병치레가 잦았던 기억이 있다. 외탁한 나는 항상 아버지보다는 모든 것에서 어머니 쪽에 있었다. 한 번도 울지 않으시던 아버지, 이런저런 말씀이 없으셨던 아버지보다는 인자하신 어머니, 아무도 모르게 돌아서서 눈물 훔치시던 어머니 쪽에 나는 늘 서 있었다. 지금 이렇게 어머니의 다듬이 소리를 기억하는 것도 그 때문이다.

　어머니의 다듬잇돌 속에는 어머니께서 평생 두드리셨던 눈물과 한이 고스란히 배어있다. 하지만 그 눈물은 울음이 없다. 어머니께서 쓰시던 그 대추나무 다듬잇돌 방망이로 살살 두드리기 시작하면 그제야 서서히 깨어난다. 하지만 지금은 그 방망이도 사라지고, 몸체만 덩그렇게 남았다. 아무도 그 울음을 들을 수가 없다. 영원히.

만져보면 서늘한

반드럽고 매끄러운 어머니의 다듬잇돌

다듬잇돌은 이상하게도

다듬이질이 끝나면 눈에 띄지 않게

가운데가 조금씩 돋워졌다

단단한 방망이질에 우묵해질 법도 한데

외려 살이 오르듯 불룩해졌다

아무것도 틈입할 수 없는

저 단단한 돌 속에 무엇이 들어 있는 것일까?

아무리 두들겨도 부서지거나

사라지지 않는 것

나는 다듬잇돌을 다시 가만히 만져보았다

내 속 가장 단단한 곳에 밀봉된

어떤 결 같은 것이 설핏 만져졌다

단단히 품어야 아프지 않는 거라며

어린 나를 다독이며 감추시던

어머니의 눈물, 쉰 살에 두고 가신

그 눈물이 손끝에서 걸렸다

나는 그제야 다듬잇돌도 운다는 걸 알았다

눈물이 불룩해질 때면 가끔

부풀어 오르는 어머니의 다듬잇돌

「다듬잇돌」

작두샘

상수도가 보급되기 전 시골이나 도시의 집 마당 한편에는
으레 작두샘이 있기 마련이었다.

어른들은 이걸 '뽐뿌'라고도 했다. 봄이 오면 살구나무와 앵
두나무, 자두나무도 제일 먼저 이 샘물을 먹고 꽃을 피웠다.
무쇠로 된 작두펌프는 몸통에 손잡이와 주둥이가 달려 있었
다. 펌프를 사용하지 않고 오래 놔두면, 고여 있던 물이 고무
패킹 아래로 끄르륵 빠지면서 다대라는 파이프에는 공기가
차서 펌프질을 해도 헛손질이 될 뿐 물이 나오지 않았다. 펌
프질을 하기 전에 아구리에 미리 물을 부어주면 흡입관의 공
기가 빠지고, 땅속에서 기다리던 물을 만나 지하수를 콸콸
끌어올릴 수 있었다. 이 물이 마중물이다. 마중물은 많은 양
의 물이 아니었다. 압력이 걸릴 정도의 한 바가지 물이면 충

분했다. 마중물이 없으면 물 한 모금도 얻을 수 없었다. 그래서 펌프 아래에는 그 흔하던 커다란 고무 대야 하나가 놓여 있었고, 항상 물이 반쯤은 차 있었다. 허드렛물로 사용하기보다는 마중물로 쓰기 위해서였다. 이 마중물을 붓고 작두 같은 손잡이를 잡고 펌프질을 하면 압력이 걸리면서 경쾌한 소리가 났다. 그 소리는 배고픈 우리 집 돼지가 밥을 먹을 때 구정물 속에 주둥이를 처박고도 기분이 좋아서 꿀럭거리는 소리와 같았다. 때를 놓쳐 늦게 밥을 주기 위해 종종걸음으로 밥을 갖고 가면 이내 알아채고 내가 오는 쪽으로 와서는 어서 달라고 꿀꿀거리며 보챘었다. 돼지는 늦은 밥이 얼마나 맛있었겠는가. 마중물은 그런 것이다. 반갑고 환하고 맛있고 기쁘고 신이 나는 것, 그것이 마중물이다.

오는 사람을 나가서 맞이하는 것이 마중이다. 시골 오일장에 가서서 밤늦게야 돌아오는 어머니를 마중 나가 무거운 머릿짐을 받아오고, 주말 밤에 먼 데서 막차를 타고 집으로 돌아오던 형님과 형수님의 짐 보따리를 얼른 낚아채듯 들고 오던 유년 시절의 시간들은 내게 마중이 뭔지 분명하게 알려주었다. 누군가 나를 기다려준다는 것, 그것이 사랑이라는 것을 어린 나는 어둠 속에서 기다리며 가슴으로 알았다. 그런 밤이면 달도 별들도 머리 위에서 더 밝게 빛났다. 기다리던 사람의 보따리는 그것이 무엇이든 무겁지 않았다. 오히려 마음은 기뻐서 펄펄 날았다. 마중은 사람만 하는 것이 아니다. 해와 달도 서로를 마중해서 낮과 밤을 교대하며 하늘을 돌며 빛을 뿌린다. 기쁨도 슬픔을 마중 나가 슬픔을 혼자 두지 않는다. 혼자 있는 것들은 마중이 없는 고독한 존재들이다.

사랑이 마중물이다. 사랑에는 둘이 있을 자리가 없다. 오로지 하나의 자리로만 사랑은 허여될 뿐이다. 즉 나는 나, 너는 너대로라면 따로따로 떨어져 있는 거나 마찬가지다. 마중물이 떨어져 있으면 백년의 시간도 헛된 것이다. 먼저 가야 한다. 내가 먼저 너에게 가서 '너'가 되어야 한다. 이 먼저 가는 사랑, 마중물이 없으면 우리는 우리를 기다리고 있는 행운과 행복을 만날 수가 없다. 사람과의 인연 또한 그 있고 없고는 하늘보다 먼저 이 마중물에 달려 있다. 우리 속담에 '농사꾼이 굶어 죽어도 종자는 베고 죽는다'고 하였다. 죽을 바에는 씨앗이라도 먹어야 하지만 씨 과일은 먹지 않는 '석과불식(碩果不食)'이다. 이 종자와 씨 과일이 마중물이다. 마중물을 다 써버린다면 땅속의 지하수가 아무리 많아도 무슨 소용일까. 다행히 우리 사람에게는 이 마중물이 여러 가지 다른 형태로 남아 있다. 희망, 그리움, 공감,

궁휼 등이 그것이다. 분명한 것은 사랑할수록 마중물이 마르지 않고 많이 괸다는 것이다. 자신은 물론 다른 이에게 전달되어 긴요하게 쓰인다는 사실이다. 그럼으로써 결여와 결핍과 부재를 메워주며 우리를 다시 빛의 시간으로 데려다 놓는다.

  아이나 어른이나 작두샘 펌프질은 서로 하려고 할 만큼 모두 재미있어 했다. 아마도 콸콸 쏟아지는 그 물줄기가 보기에도 시원하고 풍성하여 우리의 감성을 깊은 곳까지 은연중에 적셔주었기 때문이었을 것이다. 작두샘에 모여 텃밭의 채소를 다듬어 씻거나 생선이라도 손질을 할 때면 고양이와 강아지가 와서는 구경을 하듯이 코를 킁킁거리며 맴돌곤 했다. 무엇보다 작두샘에서의 최고의 즐거움은 여름철의 등목이었다. 학교 갔다 돌아와서는 웃통을 벗고 작두샘에 엎드리면 어머니께서는 등에 얼른 물을 끼얹어 주셨다. 밤에는 옷을 다 벗고 작두샘 물을 퍼 올려 목욕을 했지만 낮에는 그럴 수가 없어 집안의 남정네들에게 등목은 일상이 되어 있었다. 한여름의 더위를 식히는 방법으로는 이 등목만한 것이 없었다. 등짝이나 머리에 물을 끼얹을 때마다 물이 연신 얼굴로 흘러내려 어푸어푸 하면서 등목을 하던 추억을 생각하면 여전히 등줄기가 시원하다.

그 후로 시골에도 전기가 들어오고, 도시는 상수도가 보급되면서 작두샘은 녹슬어 방치되고 말았다. 지금은 시골에서 전원 생활을 하는 분들이 추억 삼아 사용을 하거나 도시의 카페에서 소품으로 이용되어 옛 향수를 자극하는 용도로 사용되고 있을 뿐 작두펌프 혹은 작두샘은 먼 기억 속에서 아득히 잊히고 말았다. 그럼에도 불구하고, 작두샘이 우리에게 물려준 최고의 유산, 최고의 가치는 바로 '마중물'이다. 젊은 세대들의 희망, 청춘들의 미래를 마중하기 위하여 기성세대와 우리사회는 그들에게 필요한 마중물을 만들어 아끼지 않고 나눠줘야 한다. 나누어 주되 골고루 주어야 한다. 바다가 공평한 것은 고르기 때문이다. 공평, 그것이 바다의 법이다. 사람의 법도 응당 그래야 한다.

작두펌프는 위치마다 조금씩 차이가 있을 수밖에 없었지만 부자와 가난한 사람 모두에게 공평했다. 누구에게도 마중물 그 하나로만 작동이 되었고 실효성을 발휘했다. 오늘 우리가 이렇게 하루를 살아가는 것도 서로 기다리는 사람이 있기 때문이다. 기다리는 사람이 있는 한 우리는 생과 사를 떠나서 시간에 매몰되지 않는 영원한 삶을 살 수 있다.

우리는 모두 마중물로 이 세상에 온 존재였다. 🍃

한 바가지면 된다

눈 감으면 여전히 생생하다

앵두나무 살구나무 꽃 환한 집마당

단단한 지층을 뚫고 내려가

그 시원한 물 만난 시절이 있었다

언제라도 마중물 붓고 펌프질을 할 때마다

탁, 하고 압력이 걸리며

저 알 수 없는 곳에서 나도 모르게

철철 물 솟아나던 그때가 있었다

얼굴이 뽀얘진다는 수돗물

그 물이 골목마다 흔해지면서

기억의 마당에서 나는 방치되었다

아무도 모르게 물을 잃어버린

빛나던 나의 중년

속절없이 녹슬어 거들떠보지도 않는

고철 덩어리가 되고 말았다

어느 날이었던가?

소낙비 몰고 다니는

구름처럼 온 그는 내게 샘물을 되돌려주었다

사람 뜸한 계단을 밟고 오는 발소리에

여름 꽃들 귀가 멀리까지 열리고

그 옛집으로 나를 찾아왔다

여러 날 분해하듯 죄다 뜯어내며

천신만고 끝에 겨우 나를 다시 맞춰 놓았다

한 바가지 두 바가지 한 통 두 통

들이부은 마중물 나는 흠뻑 젖어

마침내 다시 물이 올라오는 기적

나는 죽지 않고 살아 있었다

나팔꽃, 풍선초, 인동초들이 아우성댔다

꽃빛 물든 맑은 샘물 다시

콸콸 쏟아지며 말하고 있다

사랑, 한 바가지면 된다

「작두샘」

등목

담벼락 아래 오이와 호박은 이파리가 축 늘어지고, 동네 개들도 혓바닥을 길게 뺀 채 헉헉거리는 한여름이 호락호락하지 않다. 모든 것들이 연일 계속되는 폭염 속에서 기운이 빠지며 점점 지쳐 가고 있다. 이따금씩 숨통을 트여주던 시원한 바람은 어디로 갔을까? 간간이 찾아 오던 바람은 어느 골목에서 길을 잃었는지 변심하여 면회를 오지 않는 애인처럼 코빼기도 보이지 않는다. 낡은 선풍기는 끽끽거리며 반복적으로 돌아가지만 바람이 시원치 않다. 임시변통 자꾸 들었다 놓았다 하면서 몇 번 빠르게 부쳐보던 플라스틱 부채질마저 그나마 시들해지기 십상이다.

조금만 움직여도 이내 등줄기에서 땀이 흐른다. 과거 대가

족을 이루고 살았던 우리의 칠팔십 년대는 에어컨을 모르고도 여름을 났다. 많은 식구들이 한 집에서 바글거리며 살다 보니 더워도 옷을 벗기가 어려웠다. 그 시절 품위와 체통을 지키면서 더위를 식히는 방법으로는 단연 등목이 최고였다. 팔다리를 쭉 펴고 바닥에 엎드리는 것, 그것은 온전히 나를 누군가에게 맡기는 일이었다. 내가 순순히 엎드리는 것은 이때뿐이었다. 학교에서 간혹 여럿이 단체로 벌을 받을 때나 군대에 가서 소위 '빠따'를 맞기 위해 엎드릴 때도 나는 고분고분하지 않았다. 그럴수록 체벌의 강도는 더 세졌었다. 엎드린다는 것은 그리 기분 좋은 일이 아니다. 하지만 등목은 어디까지나 자발적이고 유쾌한 일이다. 복종하듯 기꺼이 엎드려서는 찬물을 기다렸었다. 커다란 고무 대야에 작두질한 샘물을 받아 바가지로 퍼서 등과 목에 부어주던 그 찬물은 세상 그 어떤 것보다도 시원했었다. 허리께로 물이 흘러내려 아랫도리가 젖을 것 같으면 번쩍 엉덩이를 높게 치켜들곤 했었다.

등목은 마지막으로 머리에 물을 두어 바가지 확 들이부으면서 절정을 이루었다. '허-푸, 허-푸'하면서 사정없이 눈과 코와 입으로 흘러드는 물을 털어내던 그 등물은 여름날의 명장

면이었다. 등목은 주로 형들과 함께 했지만 형들은 장난이
심했다. 찔끔찔끔 물을 부어주는 것은 내게는 거의 고문에
가까웠다. 그러다가도 갑자기 바가지째 끼얹기라도 하면 화
들짝 놀라며 등골이 오싹해지기도 했다. 등목, 등물, 목물 등
둘 이상의 이음동의어가 있듯이 등목은 혼자 할 수 있는 게
아니다. 누군가와 서로 함께 해야 한다는 것이 등목의 요체
다. 남자 형제들이 많은 집에서 자랐지만 형들은 늘 바빴고,
집에 없을 때가 많았다. 그럴 때면 내 등목은 어머니의 몫이
었다. 어머니의 손길은 형들처럼 장난기가 발동한 우악스런
그런 손길이 아니었다. 비록 거칠어진 손이지만 부드럽고 평
화로운 것이 어떤 것인지를 알게 해주었다. 형제들의 등목을
해주는 그 손길이 우애라면, 어머니의 손길은 자애였다. 우애
속에서 형제들은 살갑게 정이 들었고, 어머니의 자애 속에서
자식들은 그 당장 쉽게 느끼지는 못했을지라도 뼛속까지 깊
디깊은 사랑이 들었다.

등목 후에는 모든 것이 고요해졌다. 이미 학교 숙제도 끝내
놓고, 저녁을 먹은 뒤면 평화가 찾아왔다. 그런 밤이면 나는
미리 마당에 멍석을 깔고 쑥으로 모깃불을 놓았다. 모처럼
식구들이 둘러 앉아 샘물에 담가놓았던 수박을 함께 먹곤 했

다. 어머니의 무릎은 유일하게 내 차지였다. 그 이유는 지금도 확실히 알 수 없지만, 그것은 아마도 내가 아직은 어렸었고, 형들은 그런 어리광을 부리기에는 너무 커버렸기 때문이었을 것이다. 어머니의 무릎을 베고 누워 별들을 바라보다 보면 나도 모르게 스르르 잠이 들곤 했었는데, 누군가 나를 담뿍 안아서 방에 데려가던 잠결의 기억이 아직도 그대로 남아 있다.

등목, 그것은 여름날의 나를 깨우던 한 바가지의 천둥이었다. ◖

앗- 차가, 앗- 차가
더위는 삽시간에
물벼락을 맞고 주춤거렸다

머리에 쏟아지는 찬물
허-푸, 허-푸
털어내며 여름은 누그러졌다

벽오동나무와 측백나무도
우리를 부러워하였고
형제가 뭔지를 아는 눈치였다

나의 등은 이때
무엇을 짊어지거나 누군가를
업어줄 산언덕이 되었다

「등목」

청수

여기 서보면 안다. 정릉3동 언덕에서 보는 저 푸른 삼각산 봉우리가 청봉이다. 청수(淸水)는 푸른 산봉우리 청봉의 몸을 타고 하늘에서 내려온 물이다. 산보다 높고 바다보다 깊은 하늘, 그러니 청수는 하늘의 물이다. 하늘의 물은 아무것도 섞이지 않는 물이다. 티 없이 맑아 비치지 못하는 것이 없으며, 읽거나 보지 못하는 것이 없다.

청수는 막히지 않는다. 막히지 않아서 흐르고, 흘러서 통한다. 통하여 길이고, 그 길로 세상이 오가며, 오가는 얼굴들을 비춘다. 청수는 거울이다. 비춰서 모두 제 얼굴을 보고 자기를 안다. 자기를 알아 두 번 세 번 다섯 번 열 번 겸허하며 스스로 지키고 함부로 움직이지 않는다. 흐린 물을 만나면

피하지 않고 자기를 내주며 기꺼이 섞인다. 섞이지만 변질되거나 사라지지 않는다. 청수는 순수라 바뀌지 않는다. 자기를 내어놓아 편협함을 벗고, 망치도 깨지 못하는 편견을 깬다. 청수는 멀리 바다까지 흘러 수심을 알 수 없는 바다의 푸른 심연이 된다. 청수는 주저하지 않으며 좌고우면하지 않는다. 청수는 직지다. 청수는 도다. 하늘과 땅과 사람이 모두 이 도로 경영된다.

청수는 깨어 있는 첫새벽의 물이다. 그 물 한 바가지로 깨어나지 못하는 정신은 없다. 청신한 그 차가움은 언제나 뼈까지 시원한 물이다. 청수는 무욕이요 탁수는 탐욕이다. 탁수는 탐욕으로 몸피를 불려 점점 둔해지지만 청수는 무욕하여 청죽의 몸같이 갈수록 날렵해진다. 또한 청수는 가볍고 탁수는 무겁다. 탁수가 무거운 몸에 걸음을 붙들려 고여 썩는 동안 청수는 바람처럼 달려서 결코 자기의 발뒤꿈치를 밟히는 일이 없다.

청수는 푸르다. 푸르러서 늙지 않는 물이다. 아무도 청수의 나이를 아는 이는 없다. 그 물로 청산은 뜻을 잃지 않고 만고에 높고 푸른데, 우리는 청수를 잃고 청산을 떠나 속수무책 속절없이 늙어만 간다. 🌑

정릉, 청수동천에서는

시가 술이다

한 잔에도 삼십 리 내를 돌돌 흐르며

창자 속 구석진 갈증을 말끔히

씻기는 청수가 된다

대처럼 맑은 물소리 새들을 불러들이고

하늘의 한 줄 시로 바람은 시원하게 불어와

울컥 울컥 꽃들이 핀다

그때마다 나무들은 찌르르 찌르르

온몸을 깨우는 전기가 올라

사랑이 오는 기다림의 골목에 외등이 켜지며

빛은 환한 고백이 되어

나는 네 앞에서 꽃을 놓친

산벚나무처럼 고요히 떤다

너는 지금 그저 웃기만 하는데도

화르르 화르르 꽃들 쏟아지고

삼각산 달은 미인계에 빠져

걸음을 뺏긴 봄밤이 짧다

「청수」

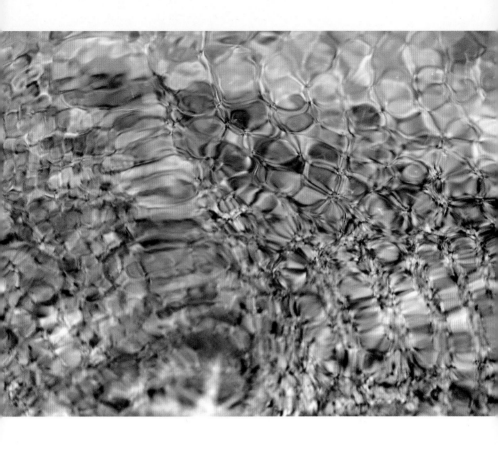

제2부

사라지는, 그러나
다시 오는 것들

눈을 감으면, 더 그립고 먹먹한 얼굴들
당신을 만나러 마실을 갑니다

1억 년의 선물, 연탄

겉과 속이 다르지 않다. 자기 안에 아무런 타자가 없으며, 금속광택이 날 정도로 검고 단단하다. 연탄은 태양이 없는 지하세계 속에서 석탄이라는 태명으로 아주 긴 암흑의 시기를 지나왔다. 모든 만물에 은총을 내리는 에너지의 근원인 태양, 태양은 연탄의 꿈이었다. 태양계의 중심에서 50억 년 동안 꺼지지 않고 엄청난 불꽃을 만들어내고 있는 태양은 그 자체가 외경이며 신비다. 연탄은 그런 태양의 불을 지닌 몸으로 이 세상에 태어나고 싶었다. 그것만이 영원히 어둠의 돌덩어리로 묻혀 있어야 하는 자신의 운명을 벗어나는 방법이라고 믿었다. 연탄은 서두르지 않았다. 자신의 존재조차 확실치 않았던 암흑기에 연탄은 1억 년, 다시 또 1억 년을 기다리며 그 꿈을 키워왔다. 그 시간은 상상하기 어려울 만큼 견디기 힘든 거대한 열과 압력이 전해지는 가혹한 시기였다. 사실, 연탄은 석탄기를 거치며 수만 번을 죽었다가 다시 살아났다.

왜, 그토록 모진 시련기가 있었던 것일까? 그 암흑기의 시련이 아니면 연탄은 진정 자신이 원하는 것이 무언지 알지 못했을 것이다. 뜨거운 불덩어리가 되는 것이 자신의 열망이지만 평화를 얻지 못하면 빛도 없다는 사실을 수억 년의 시간 속에서 연탄은 비로소 알게 된 것이다.

지구의 극열기(極熱期)였던 '팔레오세-에오세'에도, 또한 모든 것이 얼어붙던 빙하기에도 연탄에게 필요한 것은 '평화'라는 단 하나의 숨이었다. 평화 없는 세계는 깨진다. 그것은 진리였다. 길게 숨을 쉬어야 했다. 강물처럼 아주 길게 들이쉬고, 아주 길게 내쉬는 호흡이어야 했다. 그것만이 곧 죽을 것처럼 힘든 마라토너에게 찾아오는 고비 사점(死點)을 극복해내고, 암흑기를 건너며 평화를 얻는 유일한 방법이었다. 연탄은 자신이 무너져 내릴 때마다 "옴 샨티, 샨티, 샨티(Om Shanti, Shanti, Shanti 내안에 평화, 평화, 오직 평화가)" 이 말을 수도 없이 되풀이하며 어둠 속에서 평정을 구했다. 그 사이 거대한 어둠 덩어리였던 연탄은 타마스(tamas)에서 라자스(rajas)로, 이어 삿트바

(sattva)의 단계로 변화되며 불안과 어둠이라는 자신의 불균형이 점차 안정과 빛의 세계로 나아가고 있다는 사실을 알아챘다. 정녕 온 마음을 다해 온 우주의 마음으로 간절히 원한다면 이 세계가 응답하고, 그것을 실현하도록 도와준다는 믿음을 연탄은 가질 수 있게 되었다.

　연탄은 이따금씩 생각에 잠기며 자신이 석탄이었던 그 아득한 때를 회상한다. 3억 년도 훨씬 전에 고생대 석탄기의 원시림은 빽빽하게 지구를 덮었었다. 믿을지 모르겠지만, 그때는 고사리가 어른 키보다도 컸고, 잠자리는 비둘기나 갈매기처럼 컸다. 나무들은 오늘날의 고층 아파트 숲처럼 수십 미터가 넘게 자랐다. 그러나 그런 사실은 원시림이 땅에 매몰되면서 함께 묻히고 말았다. 그때부터 연탄의 연대기는 시작되었다. 석탄기에 출현했던 은행나무만, 아니 공룡이 멸종할 때도 살아남은 바퀴벌레 또한 그런 사실을 알고 있다. 늘 포식자들에게 쫓겨 다녔던 바퀴벌레에게 빛은 여전히 낯설고 두렵다. 어쩌다 빛이 있는 곳으로 나오기라도 하면 바퀴벌레는 황급히 어둠을 찾아 번개처럼 사라진다. 연탄은 그렇게 화석이 된 석탄기의 아주 먼 기억을 갖고 있다.

전성기는 근대에 찾아왔다. 증기기관에서 석탄은 그 위력을 마음껏 발휘하며 산업혁명의 바퀴를 돌리는 동력원이 되었다. 기차를 타고 사람들은 대륙으로 진출했으며 가지 못하는 곳이 없게 되었다. 미국의 신대륙에 사람을 불러 모으고, 서부 개척시대를 완성한 것도 석탄이었다. 그 이후 우리나라에도 대량의 탄전이 발견될 때마다 몰려드는 사람들과 뭉칫돈으로 탄광촌은 흥청거렸다. 그렇지만 연탄은 그런 시절보다 가장 애정이 느껴지던 시기는 사람들과 따뜻한 관계를 맺었던 시기였다.

연탄은 가난이 무언지 안다. 몸도 마음도 추워 긴 겨울을 쉬 벗어나지 못하는 가난, 연탄은 그런 사람들에게 세상의 온기를 재분배하는 마음이었다. 겨울이 오기 전에 집집마다 연탄이 채워져야 든든했다. 빈 연탄 광을 보기라도 하면 겨울이 채 오기도 전에 사람들의 마음은 추웠다. 하여 그런 집에서 연탄은 더 뜨겁게 탔다. 연탄 구덕에서 구들장은 달궈지고, 아랫목은 쩔쩔 끓었다. 그 아랫목에는 우애 좋은 형제 같은 밥주발들이 더워서 뻘뻘 땀을 흘리면서도 이불 속을 나오지 않았다. 연탄은 그때 그 시절의 사람들이 그립다. 조금은 시끄러운 것 같은 왁자한 행복이 아직도 귀에 쟁쟁하다.

자신의 전 존재를 태워서 아랫목을 뜨겁게 지켰던 연탄, 그 연탄불로 우리의 가슴은 식지 않았으며, 자신을 노래한 절창의 시편들로 연탄은 그 가치를 인정받으며 오랫동안 사랑을 함께 했다. 연탄은 아직도 기억하고 있다. 밤늦게 귀가할 식구들을 위하여 화덕에서 끓던 된장찌개 소리를, 저 아래 계단을 올라 골목을 돌아오는 주인의 발소리를 연탄은 기억하고 있다.

연탄은 마지막까지 사랑이다. 재가 된 뼛가루조차 얼어붙은 겨울 골목길에 아낌없이 뿌려짐으로써 연탄은 끝까지 사랑을 지킨다. 연탄을 때던 그 시절, 우리는 하루에도 몇 번씩 연탄집게로 연탄을 갈며 불을 꺼뜨리지 않았다. 불을 꺼뜨리는 날에는 옆집에서 불붙은 연탄을 빌려 와서라도 불을 다시 붙여야 했다. 하지만 그것이 어떤 의미인지는 우리가 조금 더 성숙한 후에나 알게 되었다. 그 불이 의미하는 것은 두말할 것도 없이 사랑이었다. 사랑이 꺼지면 이내 세상이 추워진다는 것을 우리는 생각하지 않았다. 사랑은 점점 커지지만, 커지면 커질수록 우리는 그것을 잡을 수 없다는 사실 또한 잘 알지 못했다. 부모님의 사랑, 형제간의 사랑, 목숨을 불사른 성인들의 위대한 사랑, 이성 간의 사랑, 우리 보통 사람들의 열렬한 사랑 등 모든 사랑은 평범하지 않으며, 잡을 수 있는 것이 아니었다. 사랑은 점점 커지는 사랑만이 있을 뿐이다. 그 무한대로 커지는 사랑을 어떻게 잡을 수 있을까. 설령 끝난 사랑이 있다 하여도 잡을 수 없는 것은 마찬가지다. 어느 순간 그 끝났다고 생각한 사랑도 커진다는 사실을 뒤늦게 앎으로써 우리를 아프게 한다.

우리를 더 성장시키기 위하여.

놓치면 깨질세라
조심조심 들어서 안는
무끈한 몸
신생아의 몸무게가 안아진다

꺼지면 추울세라
세상의 식어가는 화덕에
불꽃을 분배하며 구들목을 달구던
태양의 검은 불이 만져진다

배고파 허기지랴
돌아올 식구들을 위하여
뜨겁게 짓던
목숨들의 밥 냄새가 풍긴다

놓치면 아플세라
일일이 한 장 한 장
안아 나르던
그리운 얼굴들이 보인다

「연탄」

달 오르는 장독대

숨을 쉰다. 늘 생생하게 살아 숨 쉰다. 숨을 쉬는 것들은 살아 있는 것들이다. 장독은 무기물인 점토로 만들어졌지만 살아서 숨을 쉰다. 우리 사람처럼 겨우 콧구멍 두 개 정도로 쉬는 숨이 아니다. 그 수를 세기가 불가능할 만큼 엄청나게 많은 숨구멍을 갖고 있다. 우리는 힘들면 숨이 씩씩거리지만 장독은 항상 고요한 숨이다. 장독은 몸 전체로 숨을 쉰다. 장독에게는 만일의 경우란 없다. 만일에 대비한 그 대책이 완벽하다. 사람도 그런 면에서는 신의 고민이 발견된다. 한쪽 콧구멍이 막히면 다른 한쪽으로 숨을 쉬도록 만들어져 있다. 덕분에 코가 막혀 죽는 일은 없으며 향기와 악취를 제대로 구분하여 맡을 수 있다. 그럼에도 불구하고 사람이 코감기에 걸리는 것은 어쩔 수가 없다. 하지만 장독은 다르다. 코감기는 물론 비염, 축농증 같은 것은 없다. 최소한 호흡기 질환으로 고통받는 일이 없다. 장독은 백년의 숨, 천년의 숨 그 자체여서 생로병사에서 한 걸음 비켜서 있다.

옹기라고도 하는 장독은 무얼까? 장독은 우리의 고대사에서부터 등장하였다. 각종 장독, 김칫독, 물독, 술항아리는 물론 떡시루, 뚝배기, 종지에 이르기까지 다양하고 폭넓게 사용되어 왔다. 이러한 장독들은 무생물이지만 생명체와 같다. 무수한 기공을 통해 자유롭게 숨을 쉰다.

습하면 숨을 내쉬고, 건조하면 숨을 들이쉰다. 이러한 숨구멍은 어떻게 생겨나는 것일까? 장독을 만드는 데 쓰이는 기본 재료는 점토(粘土)다. 사전에 의하며, 이 흙은 암석이나 광물의 풍화와 분해, 또는 변성 작용에 의하여 생긴 아주 미세한 모래 알갱이와 같은 입자의 집합체다. 옹기를 천이삼백 도의 고온으로 구울 때 탈수현상에 의하여 결정수가 빠져나가면서 아주 미세한 공기구멍이 만들어지는데, 이를 루사이트(lucite)라 한다. 공기는 통과하지만 빗물과 같은 물은 통과하지 못하는 기공이 생겨나는 것이다. 알고 보면, 우리의 선조들은 오늘날 기능성 의류의 하나인 '고어텍스'의 원리를 이미 알고 있었고, 용도만 다를 뿐 일상생활에서 실용화했던 것이다. 고어텍스 필름은 상대적으로 입자가 큰 물방울은 막지만 안에서 발생하는 입자가 작은 수증기 형태의 땀은 배출하는 기능을 한다. 즉, 방수가 가능한 것이다. 한때 아웃도어의 열풍이 불면서 우리나라에 상륙한 해외 의류업체가 고어텍스 오버재킷과 등산화 판매로 막대한 수입을 챙겨가기도 했었다. 하여간에 장독은 숨을 쉬는 것이 분명했다. 소금이나 장류를 보관했던 장독들을 보면 겉에 허연 소금쩍이 발견되곤 하였다. 그것은 장독들이 숨을 쉰다는 부정할 수 없는 가장 확실한 증거였다. 장독대에 있으면 스르르 잠이 들 정도로 편안했던 이유도 장독들의 숨 가운데로 빠져들었기 때문일 것이다.

　장독은 비를 맞아도 빗물이 스며들지 않는다. 장독의 안과 밖으로 공기가 통하여 음식물을 잘 익게 하며 신선하게 유지시키는 공기 순환시스템이다. 독은 신석기시대부터 나타났으니 우리 조상들은 고대에도 이미 현대과학에 눈떴던 것이다. 이를 아는 우리 어머니들은 수시로 장독대에 올라 장독을 닦았다. 어쩌다 어머니가 계시지 않을 때 비가 쏟아지려 할 때 빛을 쬐게끔 열어둔 장독의 뚜껑을 얼른 덮는 날이면 할머니는 연신 머리를 쓰다듬어주시면서 '허-이구, 내 새끼 비 오는 날 장독 덮었네!' 하시면서 칭찬을 아끼지 않으셨다.

서구화와 현대화가 되기 이전 집집마다 장독대가 없는 집은 없었다. 장독대는 보통 뒤란에 있었다. 서너 개의 돌계단을 올라가게 되어 있었다. 장독들은 언제나 조용하고 고요했다. 그 조용함과 고요함은 어머니의 성정이었다. 그 평온은 뒤란이 가져다주는 것이기도 했다. 뒤란이 없다면 어머니의 천국도 없을 것 같았다. 어머니의 한숨, 눈물, 소망, 쉼, 숨, 생각은 모두 마당이 아닌 뒤란에 있었다. 아버지께서는 그런 어머니를 위하여 뒤란 한쪽에도 배롱나무를 심어 주시기도 했다. 그 배롱나무 꽃을 보며 어머니의 눈물도 붉어지고 슬픔도 붉게 피어나곤 했다. 아버지는 생전 뒤란에 가지 않으셨다. 거긴 어머니의 공간이었기 때문이다. 오늘날의 현대인에게는 거리감이 있겠지만, 어머니의 장독대에는 신이 있었다. 뒤꼍에서 집 안을 수호하고, 장독대를 관장하는 천룡신(天龍神)이 존재한다고 어머니는 그리 믿으시는 것 같았다. 그래서일까 장독대에는 미물도 얼씬거리지 않았다. 어머니는 틈만 나면 장독대에 올라가 장독들을 닦으셨고, 절기마다 정화수를 떠놓고 치성을 드렸다. 그것이 어머니의 사랑이라는 사실은 내가 조금 더 크고 철이 들어서야 알았다. 장독들은 큰 것은 큰 것대로 작은 것은 작은 것대로 철부지 우리 형제들과는 다르게 어머니가 주는 것을 마다하지 않고 묵묵히 제 소임을 다하였다.

장독대는 항상 청결하고 질서정연했다. 바닥에는 뽀얀 차돌이 깔려 있고, 장독들은 평평한 판석 위에 의젓하고 단아하였다. 석 줄 넉 줄 각 줄마다 큰 독은 보통 다섯 개 정도, 작은 독은 열 개 남짓 가지런하게 놓여 있었다. 앞에는 작은 것들이 자리를 잡고, 뒤에는 큰 것들이 배치되어 있었다. 마치 울 할머니 환갑잔치를 끝내고 온 집안 식구들이 다 모여서 흑백사진을 찍을 때 서 있는 모양 같았다. 그 입이 작지만 듬직한 항아리들은 아무것도 지니지 않고도 배가 불렀다. 그 모습을 늘 여유롭고 편안해 보였다. 마치 안거가 해제되고 쉬고 있는 스님들의 모습을 보는 것 같기도 하였다. 가세가 기울어 살림이 넉넉하지 못할 때도 음식을 해서 이웃과 나누던 아버지를 많이 닮아 있었다.

맛과 멋과 기품이 있는 장독대, 장독대는 그 집 종문의 종지였다. 어머니의 마음을 얻어 영생의 호흡을 아는 장독들, 자기 복제를 하지 않는 방식으로 사랑을 지키고 있는 장독들 시간의 뒤란으로 돌아들면 여전히 반짝반짝 빛나고 있는 어머니의 장독대가 있다.

지금 장독대 위로 달이 오르고 있다.

뒤란에 장독대다

몸뚱이 뽀얗게 닦아줄 때마다
듣던 더운 숨소리
일절 군소리가 없어서
입이 귀가 된 장독들
듣는 것이 있다

한 번도 떠나지 않아서
한 번도 놓친 적이 없는
자분자분 다가오는 발걸음소리
그게 뭔지 아는 장독들
품은 것이 있다

기다려주는 것이 사랑이다
외로움도 품으면 익는다
한 사람 그 한 사람을 기다려서
한 사람의 발걸음만 아는 장독들
하는 말이 있다

어머니가 뒤란이다

「장독대」

오곡밥

먹을 것이 귀했던 시절 이날만은 모두 든든했다. 새해의 첫 번째 보름인 대보름날을 은근히 기다렸다. 찹쌀과 멥쌀에 노란 차조와 수수, 붉은 팥과 검은콩 등을 넣어 차지게 지은 오곡밥에는 차르르하게 윤기가 돌았다. 거기에 시래기, 고사리, 취, 고비, 다래 순, 곤드레, 고구마 순, 아주까리 잎 등에 들기름을 넣어 볶은 묵나물에서 풍기는 향미는 젓가락을 들기도 전에 군침을 돌게 했다. 또한 호박나물, 가지나물, 버섯나물은 밥상을 더 풍성하게 만들었고, 무나물 한 숟가락은 속을 시원하게 풀어주었다.

오곡이 오복이다. 이날만큼은 정월 대보름달도 오곡밥을 먹고, 그 밥심으로 일 년을 버티며 이 땅 구석구석 마을마다 골목을 빠지지 않고 돌며 밤길을 비췄다. 달도 그러하였으니, 정초에 든든히 먹어두지 않으면 그 해는 속이 내내 헛헛했다. 보름 밥은 아홉 번을 먹는다고 하였다. 물론 그것은 그렇게 귀하고 맛있는 밥을 한꺼번에 다 먹을 수 없기에 조금씩 나누어서 많이 먹으라는 말이었다. 오곡밥은 겨우내 부족했던 영양분을 보충해주고, 각종 나물에 든 풍부한 비타민과 미네랄은 우리 몸을 튼튼하게 해주었다. 한때 우리 식단에 열풍을 일으켰던 소위, 오늘날의 '웰빙식'이다. 웰빙(wellbeing)은 이미 현대사회의 새로운 트렌드로 자리 잡았다. 우리 조상들은 수백 년 전부터 웰빙을 실현하며 살아왔다. 패스트푸드, 인스턴트 식품과 같은 것은 존재하지 않았다. 모든 것이 자연에 있었다. 그러니까 우리의 옛 할아버지와 할머니들은 삶 속에 자연을 들이고 사는 방식이었다. 그 시절은 모두 친환경이었으며 유기농이 아닌 것이 없었다. 아홉 번 오곡밥을 먹고, 아홉 번 나무를 함으로써 균형 잡힌 생활을 실천했다. 산으로 나무를 하러 가는 그 자체가 운동이었으며, 나무를 하다가 나무 아래 앉아 쉬는 것이 요가였고, 산이 곧 헬스클럽이자 피트니스센터였다. 의도하지 않아도 삶이 알게 모르게 자연과 일치되었다. 살아서도 죽어서도 자연과 삶이 일상에서 결코 분리되지 않았다.

오늘날의 웰빙은 인간의 삶이 어느 시점부턴가 무엇인가 어긋나기 시작하면서 그 원인을 찾는 과정에서 대두된 것이다. 그것은 삶의 균형이 깨지며 나타난 인간의 오류에 대한 뒤늦은 자각으로 그리 새로운 것도 아니다. 시소는 함께 타야 즐거운 놀이가 된다. 한쪽으로 기울어도 그 균형을 맞출 줄 아는 놀이가 시소다. 즉, 물질적 삶과 정신적 삶의 균형이 깨지면 우리의 신체와 정신도 균형이 깨지고 한쪽으로 기울 수밖에 없다. 현대사회의 불합리와 불균형은 이 즐거운 시소 놀이를 할 줄 모르는 까닭이다.

오늘 하루라도 오곡밥을 지어 천천히 조금씩 아홉 번 먹어보자. 산에 가서 나무는 못하지만 산책 삼아 운동이라 생각하고 숲속에서 마스크 벗고 편안하게 숨 한번 쉬러 가자. 믿거나 말거나 은행, 호두, 땅콩 한 줌이라도 딱 소리 나게 부럼을 깨보자. 굵은 밤이나 큰 청무라도 한번 깨물어 보자. 혹시 아는가. 그 덕에 올 한 해 모두 무탈하고 운세가 트여 좋은 일 기쁜 일 복이 넝쿨째 굴러올지. 보름달을 보며 귀밝이술로 귀를 멀리 열어보자. 또, 혹시 아는가. 저만치서 그 복들이 오는 소리 귀에 들릴지. 🌿

많이 먹어둬라
정월 대보름달도 아홉 번 먹고
삼백육십오일 밥심을 낸다

많이 먹어둬라
니도 아홉 그릇 먹으면
아부지처럼 황소도 꿈쩍 못한다

많이 먹어둬라
많이 먹어둬야 고뿔 안 걸리고
칠팔월 장맛비에도 떠내려가지 않는다

많이, 많이 먹어둬라
쳐다보고 있을수록 소복해지는
엄니의 목소리

「오곡밥」

천변풍경

'삶'을 해자하면, '사람이 여럿이 사방에서 모여드는' 형국으로 그 의미가 자연스럽게 나타난다. 즉, 사람이 모여 사는 것이 '삶'이다. 어디서 살든 사람은 사람에서 왔으니 사람은 사람을 떠날 수가 없다. 사람이 그렇듯 무엇이든 모여서 이루어진다. 자연과 세상 또한 하나가 아닌 여러 가지가 모여 이루어진 집합체로서의 풍경이다. 단독, 더 정확히 말하면 독단으로서의 풍경은 존재하지 않는다. 존재는 무엇인가와 함께 어울려야 한다. 어울리는 것이 삶이며 풍경을 이룬다.

정릉에서 꼭 가봐야 할 곳은 사적 정릉(貞陵)뿐만이 아니라, 청수골에서 이어진 정릉천이다. 이 정릉천변에는 박태원의 소설『천변풍경』을 연상시키는 가난하고 소박한 시대의 자화상 같은 풍경들이 곳곳에서 발견된다. 물론 그 풍경들은 소설 속의 시대와는 다르게 훨씬 더 세련되게 변모되어 다양한 형태로 그 얼굴들을 보여주고 있다. 과거와 현재의 우리 모습을 우연찮게 들여다볼 수 있다. 고물상, 구멍가게, 이발소, 목욕탕, 시장 등은 여전히 우리를 과거의 시간 속에 머무르게 하지만 카페, 미술관, 경전철, 커피숍, 아파트 등은 현대사회를 고스란히 반영하고 있고, 재개발 지역들은 불안한 미래의 한 단면을 보여주고 있다.

정릉동은 그 삶의 풍경이 더욱 생생히 살아있는 동네다. 목욕탕, 이발소, 미장원, 약국, 여관, 다방, 분식집, 구멍가게, 시장 등이 공존한다. 물론 좋은 아파트와 대형 할인마트도 있다.

서민과 중산층이 어우러진 풍경은 매우 다채롭다. 서울로 이주를 하고 뿌리를 내린 과거 지방 사람들의 곤궁한 꿈과 도시의 삶이 어떤 것인지 역력하게 드러난다. 그것은 현대화된 현대사회 속에서도 현대화가 이루어지지 않고, 재개발이라는 이름으로 남겨진 구역들의 표정과 다르지 않다. 그 표정들은 매우 리얼하다. 예술사조로 이야기한다면, 이상과 공상 또는 주관을 배제하고 현실을 있는 그대로 객관적으로 묘

사, 재현하려고 하는 리얼리즘에서 탈피하여 기존의 도덕, 권위, 전통 등을 부정하고, 새롭고 혁신적인 문화의 창조를 추구하는 모더니즘에 가깝다. 아니, 사실 그 사이에서 정체성을 찾고 있는 전환기의 모습이다. 출구전략이 필요해 보이지만 그것이 그리 녹록지 않아 보인다. 분명한 것은 정릉동의 표정은 자연의 풍경적 측면보다는 사람의 풍경적 측면에서 제대로 부각되고 나타난다는 점이다. 매우 서정적이며 인간적이다. 동네 골목길과 정릉천변에서 오가는 사람들을 관찰해 보면 그러한 사실을 잘 알 수가 있다. 사람들은 모두 과거의 비디오카메라 속에 등장하는 한 시대의 주인공들을 조금씩 닮았다. 하지만, 주인공은 한 사람이 아니다. 여럿이다. 사실은 모두가 주인공으로 등장한다. 그러한 점이 새로운 변화, 새로운 시기로의 전환을 가능케 하는 기제로 독해된다. 사람들은 당연히 모두 스토리를 갖고 있다. 알고 보면 모두 기가 막힌 스토리다. 그 스토리가 한 편의 소설이다.

정릉동 사람들은 가슴에 소설책 한 권을 품고 산다. 그러나 자신들은 모른다. 삶이 너무 치열했고, 절실했던 이유가 첫 번째이지만 현실은 이따금씩 자기 자신을 지리멸렬했던 존재로 치부했기 때문에 아프고, 서럽고, 슬퍼서 소설이 아닌 생생한 삶으로만 느낀 탓이다.

자신들의 스토리는 자기 혼자만의 이야기가 아니다. 자신의 이야기는 자신과 관계된 가족, 이웃, 친구, 또 다른 타인 등과 밀접하게 연계되어 있다. 다자로 전개되는 플롯이다. 그것이 정릉동의 특징이며 정릉동의 풍경이다. 전통과 현대가 눈비처럼 섞이고 안개처럼 번지며 풍경은 이따금씩 모습을 감추고 다시 나타난다. 골목골목 기억들은 책속의 삽화처럼 찍혀 있고, 우리를 골목길로 불러들여 무채색 문체 속에서 우리의 말과 빛깔을 모두 흡수해버린다. 우리는 이쯤에서 아무것도 쓰지 않은 펜을 기다리는 한 장의 하얀 종이로 남아 우리의 이야기들이 더 써지기를 기다리게 된다.

우리는 여기서 정릉동의 한 단면이라도 읽을 수 있는 등장인물을 실제로 만날 필요성이 있다. 등장인물이 없는 '천변풍경'은 있을 수 없다. 동네를 돌아다니면서 새로 알게 된 몇몇 인물들이 있다. 화가, 매듭 장인, 고물상 총각, 독일에서 살다온 후배 부부, 카페 사장님… 등이다. 그분들 중 나를 가장 많이 끌어당기는 인물은 '고물상 총각'이다. 총각은 나를 만 유인력처럼 은근히 끌어당긴다. 그는 고철, 비철, 파지, 플라스틱, 헌옷, 가전, 폐기물 등 가리는 것이 없다. 일단 갖다 주면 받는다. 킬로그램당 얼마로 정해진 가격이 있어서 그에 맞는 값을 쳐준다. 물론 고물이라는 것이 헐거나 낡아 대부분 버려지는 것들이어서 가격이 그렇게 썩 좋을 리 없다. 가져간 것들은 계근대에서 이내 그 양이 나온다. 손에 쥐는 것은 천 원짜리 한두 장이지만 힘들게 일한 만큼 받는 액수는 우리의 삶과 세상을 속이지 않는다.

작금에 이르러 신도시 지역에 미리 빼돌린 정보로 투기를 하듯 지분 쪼개기를 하면서 땅을 사들임으로써 일확천금을 거머쥐는 그런 부조리와 탈법은 고물상과는 전혀 다른 딴 세상의 이야기다. 간혹 고물에서 골동품이 나오기도 하지만 그건 운석이 우리 집 마당에 떨어지는 확률에 불과하다. 고물 속의 진정한 보물은 땀방울이다. 인생을 속이지 않는, 우리의 눈물과 고통을 배반하지 않으며 허리 휜 인생의 무게가 뭔지 알려주는 땀방울이다. 고물상 총각은 버려진 것들을 다시 재활용하는 자원의 재생 순환시스템을 조리 있게 설명할 수는 없어도 그게 뭔지 안다. 총각은 무엇을 갖고 가도 웃는다. 어떻게 보면 나와 같은 초보 농사꾼의 반푼이 모습 같기도 하다. 그는 속임수를 모른다. 사람의 뜻을 가장 잘 알고 원판을 간직한 성인의 모습이 일부 발견되기도 한다. 고물상 총각은 말하지 않지만 사람들이 가져온 것이 고물의 무게가 아니라 그것이 인생의 무게라는 사실을 안다. 알아서 그는 고물을 홀대하지 않는다. 그는 고물나라 왕이다. 왕의 권위를 생각하면 수레에 잔뜩 싣고 고물을 가져오는 이들을 변변찮은 과거의 넝마주이로 여길 만도 한데 그는 추호도 그런 기색이 없다. 남을 낮잡아보면 그 또한 빈민이 된다는 것을 고물상 총각은 안다. 벌이로 사람을 보는 시각은 참으로 전근대적인 사고방식이다. 전근대적 사고를 버리지 못한 사람이 고물이다. 고물상 총각은 그런 고물 속에 파묻혀 지내도 고물이 아닌 유일한 보물이다. 그는 박태원의 소설『천변풍경』에 나옴직한 인물이다. 그가 그 소설 속에 등장했다면, 약삭빠른 서울깍쟁이들을 '경아리'라고 불렀을 것이다.

경아리는, 예전에 서울 사람을 약고 간사하다고 여겨 욕하여 이르던 말이다. 경아리들은 옛 중촌 지금의 을지로 2가, 3가, 4가와 종로 2가, 3가, 4가의 사이에서 살았던 중인들을 말한다.

또한 그 지역에 위치한 청계천 다리 밑과 개울가에는 땅꾼과 뱀장수가 움막을 짓고 살았었는데, 그들을 '깍쟁이'라고 불렀다. 깍쟁이는 깍정이가 변화된 말이다. 이 깍정이들은 조선 건국 초기 한양의 범죄자들 얼굴에 먹으로 죄명을 새긴 다음에 석방한 전과자들이다. 그 흉터 때문에 온전한 사회생활을 할 수 없어 집단생활을 하였고, 그 장소가 지금의 청계천 근처였다고 한다. 이들은 잔칫날이나 명절날에 이곳저곳을 찾아다니며 거지 생활을 하여 '거지 깍쟁이'라는 말이 유래되었으며, 이들은 상갓집 상주에게 돈을 뜯어내는 무뢰배가 되었다고 한다. 오늘날은 그 사용 빈도가 줄어들고 있지만, '이기적이고 얄밉게 행동하는 인색한 사람'이 깍쟁이다. 고물상 총각은 오늘날의 현대판 경아리들을 환한 웃음으로 가볍게 무지른다. 그 앞에서 술수는 통하지 않는다. 정직한 한 사람의 인간으로 돌아갈 뿐이다.

고물도 예쁘게만 보이는, 모든 사람이 다 예쁘기만 한 고물상 총각! 다시 생각해도 그는 고물나라 왕이다.

입뻐요 입뻐요
고물나라 왕의 눈에 비친
중년의 아줌마도
그에게는 신데렐라다

입뻐요 입뻐요
리어카 고물들 들어갈 때마다
건네주는 천 원짜리 몇 장
할머니에게는 은전이다

입뻐요 입뻐요
불쑥 마주칠 때마다
참취 꽃처럼 하얗게 피는 웃음
아이들에게는 들꽃이다

입뻐요 입뻐요
두터운 기름때 반질반질 윤나는
바보나라 왕의 말
세상의 보물이다

「고물상 총각」

담장

감싸주는 것들은 포근하다. 상처도 감싸주면 낫고, 아기도 두 팔로 감싸주면 천사의 얼굴로 잠이 들곤 한다. 집 둘레에 쌓아올린 담장, 담장은 경계다. 확고하게 안팎을 구분하고 집을 보호하며 사람을 지켜준다. 가림과 열림의 미학, 그것은 마치 동네 여인들이 모여 얘기꽃을 피우다 웃음이 터질 때 손으로 입을 가리는 것과 같다. 또한 보랏빛 등나무 꽃 향기로운 정원에 한 번 걸러지는 달빛과도 같다. 가리되 열어주고, 열어주되 가린다. 앵두나무 환한 집 우물가의 영희를 보려고 발돋움하는 해바라기도 애를 태우기는 하지만 넘지는 않는다. 울안의 감나무를 보는 양 자주 골목을 오가는 저 윗집 훤칠한 총각을 영희는 슬쩍 넘겨다보기는 해도 쪼르르 달려가 말을 걸지는 않는다. 그것은 모두 담장이 있기 때문이다. 이 담장이 없으면 꽁지 빠진 수탉처럼 집은 추레해진다. 어쩌다가 담장이 무너지기라도 하면 집은 이내 초라해지고, 사람들은 몸 둘 바를 모른다. 담장은 멋쩍은 일들을 가려주고 꽃피는 나무들의 우아한 자태를 자연스럽게 보여준다.

'검소하고 소박해라. 자랑하지 마라. 거부하되 완곡하고, 받아들이되 거르고, 함부로 넘보이게 하지 마라. 가릴 것은 가리고, 지킬 것은 지켜야 한다' 이 말은 모두 담장의 말이다. 담장은 집 안에서 일어나는 일들이 밖으로 새 나가는 것을 싫어한다. 노심초사 담장은 이 점을 경계하여 밝은 귀를 가졌다. 집 안에서 나는 소리들을 놓치지 않는다. 빠짐없이 모두 다 들어서 담장 밖으로 빠져나가는 말이 없도록 한다. 간혹 집 안에서 큰소리라도 나면 담장은 화들짝 놀라 가슴이 두근거린다. 그런 날 담장은 바짝 긴장한다. 혹여 누가 듣기라도 한다면, 꼭 그것이 자신의 잘못인 것만 같아 며칠 동안 잠들지 못하고, 담장은 야위어진다. 그렇지만 담장은 이내 회복된다. 식구들의 다정한 말과 웃음 속에서 담장은 다시 보기 좋게 튼실해지며 더욱 단단해진다. 강짜를 부리는 드센 바람도 어쩌지 못하여 골목길을 돌아 저 멀리 빠져나가고, 예기치 않은 나쁜 일들을 막아 불행을 사전에 차단한다. 또한 담장은 멋이다. 격조가 있으며 자기 본분 이외에도 아름다운 풍경을 만든다. 생각해 보라, 잘 익은 흐벅진 호박들이 담장에 앉아 있는 모습을 상상하면 그 얼마나 아름다운 모습인가. 복을 넝쿨째 지켜준다.

담장 안에서 꽃들은 미소를 배우고, 가족의 행복을 알게 된다. 그 미소와 따뜻함과 행복이 바로 '감싸줌'이다. 꽃씨를 감싸준 흙의 체온, 우리들의 덧난 슬픔을 감싸준 사랑의 온기 말이다. 사랑 안에서 우리는 모두 1도 더 높아진 가슴을 지닌 참 존재가 된다.

개나리 샛노란 빛이 폭포가 되어 쏟아지는 저 집, 지금 봄이 봄비 속에서 월류하고 있다.

한번 두른 마음
너를 두고는 딴 데 가지 않는다

앵두나무 살구나무 복사나무
홍매도 그 마음을 알고
봄마다 환하게 꽃핀다

때를 기다린 명자 조팝 박태기도
때를 놓칠세라 사랑한다고 사랑한다고
꽃빛 마음을 고백한다

너는 내 존재의 이유
너를 두고는 아무 데도 가지 않는다

「담장」

텃밭

상추, 치커리, 겨자, 당귀, 명이, 곰취, 청경채, 케일, 깻잎, 고추 등 생각만 해도 좋다. 이 다양한 것들이 마당 한편 작은 텃밭에서 나온다. 텃밭을 가꾸어 쌈채에 밥이나 고기를 싸먹는 즐거움은 비싼 고급 음식점에서 적지 않은 돈을 주고 사먹는 것과 비교할 수 없다. 텃밭을 가꾸기 위해서는 우리는 손수 흙을 만지고 농기구를 써야 한다. 손으로 흙을 만짐으로써 천지인으로서의 우리 본성은 깨어나고, 농기구를 다룸으로써 우리의 감각은 새롭게 눈뜬다. 도시인에게는 좀처럼 흙을 만지거나 호미와 같은 아주 간단한 농기구 하나 쥐어볼 기회가 드물다. 그래서 나타난 것이 근교의 주말농장이다.

왜, 주말농장은 사람들을 불러 모으는가? 재미가 있는 것이다. 그 재미가 여간 쏠쏠한 게 아니다. 주말농장을 해본 사람들은 그 점을 분명히 안다. 게다가 원두막이라도 하나 있으면 참으로 금상첨화다. 현대의 도시인들은 주말이면 잠시라도 전원생활을 통해 머리를 식히고 싶어 한다. 외곽으로 나가는 도로들은 늘 차량 정체가 반복되기 일쑤다. 서울과 같은 대도시에 집을 장만하고 사는 것은 대다수 현대인들의 꿈이기도 했다. 그렇다면 그들은 나름 그 꿈을 이룬 것이 아닌가? 그렇다면 그들은 도시에서 행복해야 한다. 굳이 주말마다 도시를 탈출하기 위한 긴 차량 행렬의 틈바구니에 끼어 부대낄 필요가 없다. 분명 무언가 허전한 그 뭔가가 있는 것이다.

결여, 부재, 결핍이라고 말할 수 있는 그 정체는 무엇일까? 그것은 요즘 대세인 아웃도어 라이프에서 그 원인의 실마리를 찾아볼 수 있다. 일반적으로 도시의 아파트는 한 사람의 인생에서 가장 비중이 큰 재산이자 목표였다. 하지만 그것만으로는 충족되지 않는 것이 우리의 삶이다. 도시를 꿈꾸고 도시인이 되었지만, 막상 그것을 일면 실현했다 할지라도 그것이 전부다.

도시인, 그 이후가 없다는 것, 그것이 문제다. 영화, 공연,

운동, 모임 등을 통해 해소하고 살지만 코로나로 인해 그도 여의치 못할 뿐만이 아니라 또한 그것들을 누릴 수 있어도 인간의 가장 깊은 내면을 궁극적으로는 채워주지는 못한다. 채워지지 않는 도시인에게 바닥이라는 것은 없다. 물속에서와 같이 발이 바닥이 닿아야 우리는 안심하고 평정을 찾는다. 텃밭은 흙을 직접 만지고 땅을 딛게 함으로써 우리를 본디로 환원시킨다. 여기서의 본디는 자연이다. 텃밭은 순수 본래의 인간인 자연인으로 우리를 돌아가게 만든다. 본디로 돌아가서 만나는 자연이 우리는 더없이 편안하고 즐거운 것이다.

텃밭은 단순한 일이 아니다. 우리를 자연인인 나 자신으로 되찾아주는 시간과 동시에 즐거운 놀이를 선사해준다. 일과 놀이가 동시에 이루어지는 삶이 행복하다는 것을 텃밭은 알려준다. 텃밭은 결국 나 자신을 일구는 일이다. 내가 어떤 방식으로 개발되어야 하고 경영되어야 하는지를 가늠하게 해준다. 진정한 개발은 나의 내면에서부터 시작된다. 거기에는 위선도 학식도 지위도 체면도 없다. 잘 보이려고 하거나, 잘하려고 너무 애쓸 필요가 없다. 그냥 서툰 초보 농사꾼이면 된다. 한 점의 가식과 셈이 없는 삶이 진정한 친환경의 삶이다. 농약과 화학 비료를 탈피하여 순수 자연농이 됨으로써 우리는 왜곡된 삶에서 벗어난다.

텃밭에 채소가 풍성해지면 식구들은 물론 이웃들의 입도 더불어 즐거워진다. 식탁은 신선하고, 함빡 웃음에 밥을 쌈 싸먹는 시간은 누구나 행복해진다. 내가 정말로 채소들을 직접 가꾸어 먹을 수 있다니! 아무것도 아닌 소소한 일들이 정말 신기하게도 뿌듯하고 즐겁다. 이 즐거움을 혼자만 독차지한다면 지독한 욕심쟁이다.

정릉동은 도시와 전원이 모두 다 충족되는 곳이다. 주말에 고생을 하며 멀리 나갈 필요가 없다. 언제나 도시인과 자연인으로 지낼 수 있는 곳이다. 아직 개발되기 이전인 많은 집들에는 마당이 있고 텃밭이 딸려 있다.

북한산이 아버지처럼 흐뭇하게 지켜보며 텃밭에 물주라고, 매일 맑은 물을 흘려보내고 있다. 🌿

마당의 텃밭
채소들이 푸르네

하늘의 텃밭
별들이 푸르네

마음의 텃밭
삶이 푸르네

모두 가꾸기 나름이네
심기 나름이네

「텃밭」

문간식당

차가워서는 끓지 않는다.

파란 가스불이 켜진다. 이윽고 냄비는 침묵을 깨고 보글보글 끓는 소리를 내기 시작한다. 충분히 뜨겁지 않으면 찌개는 없다. 끓어야 한다. 아주 뜨거워서 펄펄 끓어 넘쳐야 한다. 그것은 비단 지금 내 앞의 이 냄비만은 아닐 것이다. 더 뜨거워야 할 것은 나의 가슴이다. 나는 지금껏 내 가슴을 무엇으로 데운 적이 있었던가? 곰곰이 생각을 해보면, 나는 너무 냉소적인 존재인지도 모른다. 인디밴드처럼 길거리에서 목소리를 내지도 않으며, 아우구스투스 란트메서처럼 나치 경례를 거부하는 직접적 행동을 하지도 않는다. 다소의 손해를 보더라도 적당히 세상과 타협하여 결코 이익의 편에 서려고도 하지 않는다. 세상의 주류에서 떨어져 나온 아웃사이더는 아닐까. 하지만 분명한 것은 싫든 좋든 사회적 관념을 따르며 세상이라는 큰 강물에 섞여야 한다. 부조리, 불평등, 불합리 등이 판을 치더라도 그 속에 섞여야 한다. 하나가 섞이고, 둘이 섞이고, 열이 섞이고 마침내 많은 사람이 동참할 때 세상은 바뀌게 된다. 진실로 변화와 개혁을 꿈꾼다면 마이너가 되어 냉소로 일관할 것이 아니라 섞이는 방법을 찾아서 뛰어드는 존재가 되어야 한다. 조금 전 찌개 냄비를 가져다 올려준 저 신부님처럼 호수에 뛰어드는 첫 번째 빗방울이 되어야 한다. 누군가 먼저 선뜻 뛰어들지 않고, 모두가 외면한다면 호수는 언젠가는 끝내 말라버리고 말 것이다. 불안을 떨쳐버리고 인내보다는 용기를, 냉소보다는 동참을 이끌어내야 한다.

뜨거워야 한다. '사무엘 울만'의 시 「청춘」에서처럼 이상이 있는 한 우리는 청춘이다. 뜨거워야 눈물도 끓어서 우리의 가슴을 넘쳐흐르며 볼을 적신다. 넘쳐흐를 때 우리의 불안도 씻기어지며 어둠은 밀려나 빛이 들어오기 시작한다. 어둠을 빛으로 바꾸는 그러한 시간 속에서 우리는 더 성숙해지며 따뜻한 인간미를 갖춘 부드러운 사람으로 돌아오며 비로소 미소 짓게 된다. 어디에도 쉬운 삶은 없고, 삶은 때로 죽을 만큼 힘들다. 텃밭에 심는 채소 모종도 처음에는 힘들어 거의 죽다가 살아난다. 하지만 고통과 불안을 이긴 시간 끝에서 비바람을 견디며 우리의 식탁을 풍성하게 만들어준다.

아프지 않은 존재는 없고, 방황하지 않는 청춘은 없다. 그 고통과 방황이 있어서 우리는 나침판을 얻게 되고, 하늘을 보며 보이지 않는 어떤 심오하고도 거대한 신비의 존재를 느끼게 된다. 값진 것들은 언제나 필시 고통과 슬픔 뒤에 발견된다.

이제, 김치찌개가 다 끓었다. 수저를 들자. 차린 밥상은 잘 먹어야 복이 온다. 잘 먹는 것이 모두를 위한 감사요, 기쁨이며 기회다. 밥 한 그릇 비운 어느 날 불쑥 그 새로운 기회가 찾아올 것이다. 밥은 배고픈 사람을 부양하며 언제나 따뜻하게 기다리고 있다. 그것이 밥의 한결 같은 희망이므로.

소복하게 담은
흰쌀밥 한 그릇

한 알 한 알이 꼭
눈물 하나하나의 크기다

흘릴까봐 꾹 눌러 담은
내 눈물만큼의 양이다

먹다가 흘려도 주워 먹는
내 뜨거운 눈물

「공깃밥」

와달비가 내리는 여름날

울음이 터지기 전 항상 세상이 먼저 어두워졌다. 새까맣게 먹구름이 몰려오면서 우르릉우르릉 큰 울음소리가 들렸다. 순식간이었다. 사방이 보이지 않게 와다닥와다닥 와달비가 쏟아졌다. 발을 친 것처럼 앞이 보이지 않았다. 하늘이 참았던 울음을 한꺼번에 쏟아내며 사방을 가렸다. 그럴 때면 도리가 없다. 함께 울고, 흠뻑 젖을 수밖에. 그렇지 않으면 나는 무너지리라. 내 가슴이 터져 나는 죽을지도 모른다.

내 유년기에는 갑자기 소낙비가 쏟아지곤 했다. 소나기보다는 소낙비라는 느낌이 내게 더 잘 어울린다는 생각이 들었다. 소나기는 황순원의 작품에서 보는 것처럼 윤 초시네 증

손녀를 좋아하는 소년과 같이 풋풋하고도 순수한 감성이 나를 자극하고 세계를 열어주곤 했지만, 후련하지는 못했다. 소나기보다 더 강하고 달구비처럼 쏟아져 내리며 앞을 가리는 그런 비를 나는 더 좋아했다. 어른들은 그런 비를 와달비라고 했다. 와달비는 내게 채찍비였다. 눈물을 터주는 그 비가 내 가슴을 무너뜨려 울게 해주고, 무언가 시원하게 씻어주었다. 그럴 때 와달비는 갈대나 대오리처럼 발이 굵어 앞을 가렸다. 소나기가 명개를 남긴다면, 와르르 무너지며 짜드오는 와달비는 그 명개마저 씻어내는 후련한 개부심이었다. 는개, 이슬비, 부슬비, 가랑비, 보슬비, 부슬비, 굳은비, 여우비, 가루비, 날비 등은 먼지잼이 될지언정 이상하게도 그런 비들은 내게 아릿한 슬픔의 실비가 되어 개운치 못하였다. 확확 쏟아지며 사정없이 내 등짝을 후려치며 볼을 때리는 모다깃비와 같은 와달비 속에서 나는 무너지며 비로소 평온하였다. 그런 비는 으레 여름날에 내리곤 하였다. 학교를 파하고, 미루나무 서있는 신작로를 따라 집으로 돌아오는 오후에는 소나기가 자주 왔었다. 우산이라야 비닐우산이 전부였다. 형제 많은 집에서 넷째에게는 그것도 찢어진 것이 대부분이었다. 어떤 날은 커다란 오동나무 잎을 따서 우산 대신 비를 가리곤 하였다. 하지만 얼마 가지 않아서 아무 소용이 없었다. 그

냥 맞는 것이 상책이었다. 흠뻑 비를 맞다보면 추위보다는
몸도 마음도 시원하였다. 책이 젖지 않도록 책보를 옷 속에
넣어 가로매고 왔지만 젖는 것은 어쩔 수 없었다. 그 덕에
나는 젖은 책을 말리려고 방바닥에 풀어놓으며 비가 알려주
는 날의 과묵함에 대하여 무언가를 어렴풋이 알 것 같았다.
하지만 생각은 잠깐뿐이었다. 나는 집에서 늘 할 일이 많았
다. 갑자기 비가 쏟아지기 시작하면, 마당에 널어놓은 곡식
을 집 안으로 들여놓고, 염소를 데려오는 등의 비설거지는
물론, 집으로 돌아올 식구들을 위하여 챙길 수 있는 우산을
들고 나는 아무도 시키는 사람이 없었지만 혼자서 마중을
갔다. 마중을 가는 일이 나는 즐거웠다. 읍내에 장을 보러
가신 울 엄니와 공부를 하고 먼 학교에서 돌아오는 형들을
맞으러 가는 것이 내 즐거운 일이었다. 나는 비를 맞아도 어
머니와 형들은 비를 맞으면 안 될 것만 같았다. 밤늦게 귀가
하는 아버지는 비와 상관없이 묵묵히 돌아오시곤 하였다.
언제나 아버지의 묵묵함은 커다란 바위였다. 그 바위는 굉
장히 큰 바위였지만 잘 드러나지 않았다. 아버지는 은암(隱巖)
이었다. 나는 아버지가 우는 것을 한 번도 본 적이 없다. 큰
형수님과 어머님이 일찍 돌아가셨을 때도 아버지는 울지 않
았다. 울지 않아서 아버지는 더 깊이 땅 속에 묻히는 거대한

바위가 되었다. 어린 나도 울어서는 안 될 것 같았지만 나는 그렇지 못하였다. 와달비는 유일하게 내 울음을 쏟아내도 되는 비였다.

청나라 건륭제 칠순잔치 사절단으로 간 연암 박지원이 요동벌판 천이백 리에서 발견한 호곡장(好哭場)을 나는 와달비 속에서 찾은 셈이었다. 왜, 울어야 하는가? 나는 그 답을 연암의 말에서 찾았다.

"멋진 울음터로구나! 크게 한번 울어볼 만하도다"
"하늘과 땅 사이의 큰 안계(眼界)를 만나서 별안간 통곡을 생각하시다니, 무슨 말씀이신지?"

"그렇지, 그렇고 말고, 아니지, 아니고 말고, 천고의 영웅은 잘 울었고, 미인은 눈물이 많았다네. 그러나 그들은 몇 줄기 소리 없는 눈물을 옷깃에 떨굴 정도로만 흘렸기에, 소리가 천지에 가득 차서 쇠나 돌에서 나오는 듯한 울음은 울어본 적이 없단 말이야. 사람들은 다만 희로애락애오욕 칠정(七情) 가운데서 오직 슬플 때만 우는 줄로 알 뿐, 칠정 모두가 울 수 있다는 건 모르지. 기쁨이 사무쳐도 울게 되고, 노여움이 사무쳐도 울게 되고, 슬픔이 사무쳐도 울게 되고, 즐거움이 사무쳐도 울게 되고, 사랑함이 사무쳐도 울게 되고, 미움이 사무쳐도 울게 되고, 욕심이 사무쳐도 울게 되는 것이야. 왠 줄 아는가? 근심으로 답답한 걸 풀어버리는 데에는 소리보다 더 효과가 빠른 게 없거든. 울음이란 천지간에 있어서 우레와도 같은 것일세. 지극한 정이 발현되어 나오는 것이 절로 이치에 딱 맞는다면 울음이나 웃음이나 무에 다르겠는가?"

어린 나에겐 기쁨, 노여움, 즐거움, 미움, 욕심 등이 있을 리 만무했었다. 대신, 나는 사랑함이 사무쳤을 것이다. 어머니와 형수님에 대한 사랑이 그랬을 것이다. 그래서 군말 없이 무작정 따르고, 한없이 좋아하고 사랑했던 것일 게다. 내 유년의 사랑은 비가 오는 날 마중을 나가면서 시작되었고, 인간은 어떤 존재여야 하는지를 알게 되었던 것이다. 와달비 속에서는 언제나 그 두 분이 제일 먼저 떠오르는 것은 지금에 와서도 어쩔 수 없는 일이다. 우산을 챙겨들고 마중을 나갈 때 나는 그 누구보다도 나름 거룩하고 갸륵한 아름다운 존재라고 내 자신을 어여삐 여겼었다.

유월의 끝자락 늦은 일요일 오후 급작스럽게 하늘이 새까매지더니 천둥이 울리고 순식간에 와달비가 쏟아진다. 막내

딸과 아내가 북한산 산책을 나갔는데, 앞을 가리는 장대비가 동이비로 쏟아진다. 얼른 큰 우산을 챙겨서 뛰어간다. 사거리를 건너 북한산 비탈길 긴 계단을 겅중겅중 뛰어올라 간다. 바로 저 위, 저기서 오도 가도 못하고 비에 갇힌 딸아이와 아내가 기다리고 있을 것이다. 유년 시절의 내 사랑처럼 나를 기다리고 있을 것이다. 빗줄기에 등은 차갑지만 식었던 가슴이 다시 따뜻해지고 있다. 🍃

지금 울지 않으면
죽을 것만 같습니다

이 가슴 허물어
한꺼번에 쏟아내지 않으면
저는 끝내 죽고야 말 겁니다

그대도 그랬던 가요
그대도 그런 눈물이 있지 않은가요?

지금 저는 울어야 합니다
울어야 저도 삽니다

「와달비」

종소리

종소리는 들을수록 귀가 맑아진다. 산사의 종소리든 성당의 종소리든 마찬가지다. 깊고 고요하게 사람을 울리며 영혼을 맑게 한다. 종은 비록 과오가 없을지라도 아름다운 소리를 위하여 먼저 자신을 질타하여 사특한 마음이 일지 않도록 경계하며 안일과 태만을 꾸짖는다.

망망한 종소리는 모든 흐린 것들을 흔적 없이 밀어낸다. 그것은 장맛비가 그친 후에 훨씬 열린 하늘처럼 후련한 제색(霽色)이다. 청동 빛 정쇄한 청음은 장중하여 치지 못하는 것이 없고, 또한 울리지 못하는 것이 없다. 종탑의 종소리는 언제나 뒤뜰에서 부는 대숲의 바람처럼 청신하고, 매화 향기 빨아들이는 흰 달처럼 창윤하다. 그것은 맑은 물가에 불어오는 시원한 바람이며 기러기 날아가는 가을밤 청풍에 얼굴을 내민 제월(霽月)이다. 씻고 씻기어 옥같이 희고 깨끗한 소쇄(瀟灑)다.

혹한의 겨울은 종에게도 시련의 계절이다. 종망치로 몸을 칠 때마다 자칫 균열이 발생하지 않도록 종은 한시도 긴장을 늦추지 않는다. 소리는 어느 것이나 낼 수 있어도 그것이 사람의 마음을 울리지 못한다면 이미 생명이 다했다는 것을 종은 안다. 종은 공장에서 대량으로 생산되는 그런 성질의 것이 아니다. 적어도 종에게는 그 종을 만드는 장인의 숨결과 혼이 배어 있기 마련이다. 그것은 하늘을 공경하고 땅을 존중하며 사람을 사랑하는 지극한 마음이다. 그런 마음이 배어 있지 않으면 종은 울림이 되지 못하고 자신의 몸을 상하게 하여 결국은 고철로 전락될 뿐이다.

종은 수도원의 종지기보다도 더 일찍 깬다. 맨 먼저 별들을 바라보고, 성좌의 변화를 알아채는 것은 종이다. 그 별들 아래서 새벽 예배를 알리는 종소리를 위하여 종은 정화수 단지의 찬물처럼 깨어서 하루를 시작한다. 차 한 잔, 빵 한 조각 그것이 얼마만큼 커다란 충만함인지를 깨닫게 해준다. 비만과 포만은 배부른 게으름을 더해줄 뿐 좀처럼 맑은 정신의 시원함이 무언지를 알려주지 않는다. 쓸데없이 커져버린 입이 먹이에 붙잡힐 때 우리의 기도는 누추해지고 영혼은 스스로 억압을 불러 가난의 굴레 속에서 종속되고 만다는 걸 종은 안다.

하루 일과가 끝나고 저녁 기도를 알리는 종소리를 들으며 잠시 묵상에 잠기는 시간은 그 얼마나 평화로운가. 자신의 말을 버림으로써 침묵 속에서 한 번도 듣지 못한 어떤 신비의 말을 듣고, 이 세상 모든 것들과 둥근 울림의 고리들로 서로 연결되어 맺어지는 만남의 순간들은 또 얼마나 신비로운가. 종소리는 그렇게 나를 순식간에 포위하지만 나는 구속되지 아니하니 그 또한 얼마나 큰 기쁨인가.

슬픔과 미움, 분노와 원망, 고통과 증오 등 모든 것을 다 녹여서 하나의 몸체를 이룬 종, 그 종이 얻은 울음은 내 눈물과 공명하여 결국은 나를 울린다. 울음으로써 눈물로부터 나는 해방이 된다.

지금 저 위 산사에서 내려온 종소리나 조금 전 교회의 종탑을 떠나온 종소리가 세상으로 퍼지는 고요한 시간, 세상 모든 존재는 단지 고요하게 깊어질 뿐이다. 🌑

산사의 종소리도 맑다
성당의 종소리도 맑다
맑은 것은 아무데서나 맑다

남을 울리기에 앞서
먼저 자신을 질타하며
스스로에게 가혹한 종들

과오가 없을지라도
늘 자신을 매섭게 단속하는
저 높은 종탑의 종들

종들은 언제나 말없이
자신을 먼저 침으로써 결코
남을 치는 일이 없다

「종소리」

돌들의 얼굴

표정이 굳으면 얼굴은 돌이 된다. 돌이 되는 것을 막아주는 것은 미소다. 미소를 지음으로써 꽃처럼 피는 부드럽고 온화한 얼굴, 천사를 되찾으며 복을 불러들인다.

꽃은 미소이며 미소는 꽃이다. 우리는 모두 미소로써 꽃이된다. 환하고 밝아서 불행도 고통과 우울을 잊어버리고 나르시시즘에 빠질 만큼 매혹적이다. 미소를 잃어버리면 우리의 마음에는 돌이 생기기 시작한다. 그 돌은 처음에는 너무 작아서 보이지도 않고 잘 느껴지지도 않지만 시간이 지나면서 점점 커지고 가슴을 짓누르며 숨쉬기조차 어려운 통증을 수반한다. 그 돌을 분쇄해서 빼내는 방법은 미소밖에 없다.

돌은 머리에도 생기고, 가슴에도 생기고, 신장에도 생기고, 무릎에도 생긴다. 천근만근 몸이 무거워지면서 머리도 아프고, 가슴도 아프고, 배도 아프고, 무릎도 아프고 아프지 않은 곳이 없다. 의학적으로 의사들은 물을 많이 마실 것을 권고하는데, 물을 마시는 것은 알고 보면 미소를 마시는 것과 다름이 없다. 꽃이 미소이듯이 물 또한 아주 자애로운 천사의 미소를 가졌다. 꽃잎 하나만 떨어져도 물의 미소는 삽시간에 둥글게 퍼져 나가며 호수를 가득 미소로 채운다.

정릉천을 따라 걷다보면 높은 담벼락들을 볼 수가 있다. 그 벽들은 대부분 아주 많은 돌들로 쌓여져 있다. 가만히 들여다보면 돌들은 모두 다 서로 다른 다양한 표정의 얼굴들을 갖고 있다. 정릉천의 맑은 물을 매일 하루도 빠짐없이 들여다봐서일까. 채석장의 돌들과는 표정이 사뭇 다르다. 채석장의 돌들이 긴장 속에서 전체적으로 거칠고 강퍅하다면 담벼락의 돌들은 그에 비해 부드럽고 둥글다. 그것은 아마도 돌들도 사람들의 말과 웃음 속에서 유해진 탓이 아닐까. 거칠고 고집이 센 채석장의 돌들은 어쩔 수 없이 더 많이 망치를 맞을 수밖에 없을 것이다.

돌들도 미소를 안다. 서산마애삼존불이나 북한산 백화사 면암에 새긴 삼존불처럼 돌이 미소를 지으면 천년이 간다는 것을 돌들도 안다. 알아서 돌들도 이제는 망치를 두려워하지 않는다. 두려운 것은 미소를 잃는 것이다.

막막하고, 힘들고, 버겁고, 아프고, 답답하고, 슬프고, 화나고, 밉고, 야속하고, 속상하고, 싫고, 짜증나고, 두렵고, 불안하고……. 이 세상 나를 돌이 되게 하는 것들은 너무도 많다. 그런 감정들이 쌓이면 돌이 되는 것은 시간문제다. 한번 돌이 되면, 깨지지 않는 이상 굳은 얼굴은 펴지지 않는다. 그러나 신기하게도 따스한 햇살과 푸른 바람과 시원한 비는 만물에 스미고, 돌도 예외는 아니어서 스미고 스며서 마침내 온기가 돌고 숨결이 돌아서 '리조리우스'라는 퇴화된 미소 근육이 되살아나면서 돌은 표정을 얻는다. 의욕이 생기지 않고 자꾸 불행감이 높아지는 것은 도파민이 잘 분비되지 않기 때문이다. 또한 내 삶에 대한 기대감과 미래에 대한 희망이 점점 줄어드는 것은 엔돌핀이 부족할 때 생기는 현상이다. 도파민과 엔돌핀의 분비는 미소가 만들어내는 웃음이 좌우한다. 미소의 결핍은 스트레스를 받을 때마다 더욱 불안한 상황을 조성하고, 그 불안을 회피하려는 심리로 인하여 중독성이 매우 강한 위험한 행위에 빠지기 쉽다. 모든 것이 힘들지라도 슬며시 한 번 미소를 지음으로써 우리는 천길 절벽을 가리고 있는 칠흑 같은 부정적인 생각을 벗어나 내가 나의 구원자가 된다.

우리가 갇히지 않고 사는 방법은 무엇이며, 어떤 때 갇히는 것일까? 알고 보면, 우리 인간의 내면세계는 세상이라는 바깥보다 더 넓다. 그것을 알지 못한다면, 우리는 평생 자신이 추구하는 삶의 정답을 늘 바깥에서 구하기 위하여 세상을 떠돌며 살 수밖에 없다. 밖으로만 떠돌아야 하는 생활은 항상 고단하고 막막하며 기약이 없는 불안정한 시간이다. 어느 순간 그런 진실을 알게 되면서부터 눈을 안으로 돌려 자신의 내면에 집중하는 대전환의 계기를 맞게 된다.

내가 갇히는 것은 남에 의해서가 아니며, 세상 탓도 아니다. 오로지 나 스스로에 의해서 내가 갇힌다. 세상이 넓은 것은 사실이다. 하지만 나의 세계는 이 순간도 계속 팽창하는 우주처럼 넓다. 내가 세상보다 작다고 생각할 때부터 나는 갇히기 시작한다. 영적 영역이 육보다 작을 때 나는 갇힌다. 생각이 욕심보다 작을 때 나는 갇힌다. 이익보다 손해가 크다고 여길 때 나는 갇힌다. 희망이 절망보다 작을 때 나는 갇힌다. 허욕과 이기와 질투와 미움과 집착과 불신과 자만은 독방을 만들 뿐이다.

정릉천을 걸으며 묻는다. 나는 누구인가? 나는 아즈위(Azwie, 희망)이다. 조금 더 큰소리로 대답해도 좋다. 대답하고는 미소를 짓는다. 이렇게 걷는 것은 물소리를 들으며 햇빛을 쬐고, 바람을 쐬고, 꽃과 새들을 바라봄으로써 굳어가는 미소 근육을 회복하고, 마음의 여유를 확보하는 일이다. 그냥 걷기만 하면 된다. 자신도 모르게 감성이 따뜻하고 촉촉해지며 오감이 부드럽게 열린다. 걸음으로써 내 몸의 수관에 물이 오르고, 푸른 생명의 활기를 머금어 기운 생동하는 얼굴은 미소가 돌아 아름다운 꽃이 된다.

어떠한 경우에도 나는 나를 포기할 수 없다. 미소를 머금기 시작한 돌들이 말한다. 자살은 윤리가 아니다. 희망만이 나의 윤리다.

미소를 잃으면 돌이 됩니다
사방이 벽인 감옥에 갇히고 말지요

분노와 증오 적개심은
폼페이 베수비오 화산입니다
아주 잠깐, 잠깐만 화를 참으면 됩니다
그렇지 않으면 독방에 갇힙니다

가만히 미소를 지어보세요
당신은 그럴 수 있어요
미소는 무릎 꿇은 좌절을 일으킵니다
절망을 희망으로 일으킵니다

보세요
물속의 돌들도 미소 짓고 있어요
그 얼굴이 좋아서
물결도 가만히 어루만지고
하늘도 미소 짓고 있어요

「돌들의 얼굴」

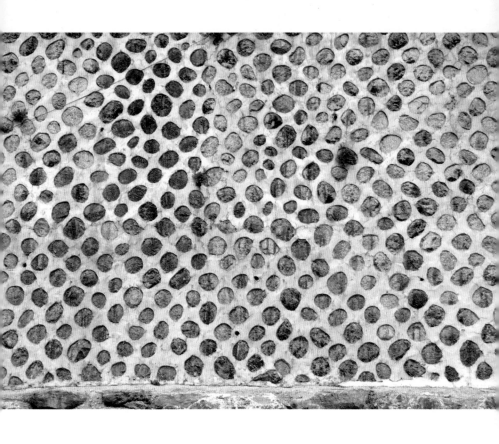

목욕탕

피로회복은 박카스(bacchus)가 아니다. 목욕이다. 우리가 태어나서 목청껏 운 일을 빼고 처음 한 일은 몸을 씻는 목욕이었다. 목욕은 청결이나 질병의 치료를 목적으로 하는 것이 일반적이지만 유대교의 미크바(mikvah)나 그리스도교의 세례와 같이 정화(淨化)의 상징으로 시행되는 종교적인 의례도 일찍부터 발달해 왔다. 전통적으로 목욕은 인간의 죄를 씻어줌과 동시에 정화시키고 회복시켜줌으로써 우리를 새로운 인간으로 거듭나게 해준다는 의식이 잠재해 있다.

고통은 모든 죄를 뒤진다. 샅샅이 찾아내어 고통을 가중시킨다. 그 고통을 씻어주는 것은 물이다. 물은 씻지 못하는 것이 없으며 이르지 못하는 곳이 없다. 인간의 죄는 부끄럽고 부끄러워 우리 몸 가장 깊은 곳에 숨는다. 그곳은 너무 깊어 빛조차 닿지 못하고 오로지 물만 이를 수 있는 곳이다. 물은 가장 낮은 곳으로 흐르며 또한 가장 깊은 곳으로 흐른다. 가장 낮은 곳이 가장 깊은 곳이며, 가장 깊은 곳이 가장 낮은 곳이다. 그렇기에 물이 이르지 못하는 곳은 없다. 물은 하늘과 땅 모든 곳에 두루 산재해 있으며 삼라만상 모든 것들의 심부에 들어 있다.

우리는 물로 목욕을 한다. 목욕(沐浴)은 머리를 감고 몸을 씻는 것이다. 비누로 머리를 감고 몸을 씻으면 마음도 맑아지며 차분해진다. 참빗으로 머리를 빗은 것 같은 머리칼은 한 올도 흐트러짐도 없이 정갈하게 빛나고, 몸은 개운하여 새처럼 날아갈 것만 같다. 우리 사람만 목욕을 하는 것은 아니다. 형태는 다르지만 새들도 목욕을 하고, 닭은 모래로, 멧돼지나 코끼리는 진흙으로 목욕을 한다. 짐승들도 그렇게 원시적인 방법으로 머드 팩을 즐긴다는 것을 알고, 우리는 그것을 축제의 형태로 발전시키기도 했다.

오늘날 어쩌다보니 현대인의 피로는 마치 약국에서 파는 박카스로 풀어야 하는 것처럼 오랫동안 광고되고 있다. 박카스는 처음 일본에서 시판되기 시작한 음료다. 박카스의 일본어 사전을 보면, '호리다', '속이다'라는 뜻을 갖고 있다. 호리다는 '유혹하거나 꾀어 정신을 흐리게 하다'라거나, '그럴듯한 말로 속여 넘기다'는 뜻이다. 박카스는 로마 신화 포도주의 신 바쿠스(Bacchus)에서 유래되었다. 술은 사람을 흐리게 만든다. 머리도 눈도 걸음도 마음도 모든 것을 흐리게 만든다. 더 나아가 사탄을 꾀어 천사의 목소리로 속삭이며 악마를 불러들여 우리의 선한 영혼을 파괴하기도 한다.

몸이 찌뿌둥하고 으슬으슬 한기가 돌 때는 목욕탕에 가서 뜨거운 물에 몸을 푹 담그는 것이 최고다. 대중목욕탕의 보급은 로마시대로 거슬러 올라간다. 로마의 목욕탕은 단순히 때를 벗기고 몸을 씻는 곳이 아니었다. 사회적 친교가 이루어지고 도락이 있는 문화적인 공간이었다.

우리나라도 예외는 아니다. 지금은 목욕탕이 사우나라는 형태로 변화되어 운영되고 있지만 목욕탕과는 다르다. 동네 목욕탕이 점점 사라져 가고 있지만, 목욕탕은 우선 끈끈한 인간적 유대가 향유되는 곳이다. 서로 모르는 사람끼리도 교대로 등을 밀어주거나 연로하신 동네 어른들의 등을 밀어드리는 것은 흔한 모습이었다. 명절 때면 형제나 부자지간끼리도 목욕탕에 가서 회포를 풀며 화목을 다지기도 하였다. 한때는 효도관광의 형태로 전국의 온천을 찾아 목욕을 가는 것이 일련의 행사이기도 했었다. 물론 지금도 물 좋은 온천 여행으로 삶을 즐기고, 병을 치유하며 건강한 삶을 사는 이들도 적지 않다.

목욕탕에서는 가식이 없다. 산에서는 걸음이 평등하듯이 목욕탕에서는 벌거벗은 알몸이 평등하다. 벗는다는 것, 그것은 순수한 영혼만이 누릴 수 있는 자유의 옷 입음이며 껍데기를 던진 아름다운 진실의 성체로써 누리는 완벽한 해방이다. 과거에는 가끔 온몸에 용이나 호랑이와 같은 문신을 한 깍두기 같은 군상들이 경계심을 일으키고 혐오감을 주는 경우도 있었지만 그것은 한때의 철부지들의 모습이었고, 지금은 타투와 같은 미의 형태로 과거의 벽사나 제액을 위한 주부(呪符)의 풍속에서 현대의 예술적 애호가들이 길상으로서의 패션으로 젊음을 표출하고 있다.

호떡을 사먹듯이, 군것질을 하듯 가끔은 동네 목욕탕에 간다. 동네 목욕탕은 번화가와 떨어져 있다. 여전히 구시가적인 곳에 위치하고 있으며 세련되거나 화려하지는 않다. 여관과 시장 골목 등에 대부분 자리 잡고 있다. 골목길로 들어서 계단을 몇 개 올라가기 마련인 동네 목욕탕, 목욕탕은 가장 원초적인 곳으로 알을 낳는 암탉이 찾아들어가는 그런 한미하지만 아주 아늑한 곳이다. 따끈한 물에 몸을 담그고 있으려니 나를 묶은 모든 끈들이 풀리며 온몸이 녹는다. 녹아서 따뜻한 물과 섞이며 스르르 눈이 감긴다.

천국이다. 어머니의 배 속 같은. 🌰

옷을 벗는다
탕 속으로 들어가자
아기를 받아서 안 듯 얼른
몸을 받아 감싸 안는 따끈따끈한 물들
나를 단단히 묶었던 끈들은
시나브로 풀리고
온몸이 녹으며 졸음이 온다

얼마나 잤을까?
몇 안 되는 사람들은 그새 보이지 않고
여전히 뽀얀 김이 오르는 물은
수련처럼 가만히
나를 물 밖으로 밀어 올리려던
둥싯거림을 멈추고
물도 잠들어 있다

나는 물의 잠을 깨울 수가 없어
다시 개잠을 자며

고요히 물의 잠에
나의 잠을 기댄다

아무도 깨우지 마라
물과 하나 되어 꽃잠을 자는
이 천국의 허니문

「물잠」

드라마가 있는 마당

마당은 휴식과 놀이와 학습의 장이다. 바라만 보아도 넉넉하고 여유롭다. 너렁청하지는 않아도 하늘과 땅, 빛과 어둠, 슬픔과 기쁨이 공유되는 곳이다. 또한 이웃과 이웃이 만나고, 바람과 햇빛이 만나고, 꽃과 꽃들이 만나는 곳이다.

사람이 살기에 좋은 집은 어떤 집일까? 아파트는 동선의 축약과 시설로 편하지만 꼭 좋다고 말할 수는 없다. 베란다에 박스를 가져다 놓고 채소를 키우기도 하고, 화분을 들여놓는 것은 부족한 자연에 대한 보충이다. 나에게 좋은 집이란 마당이 있는 집이다. 응당 마당가에는 텃밭이 있고, 담장을 따라 유실수들이 심어져 있어서 철마다 꽃과 과일을 볼 수가 있는 집이다. 집은 공간이지만 집 자체가 온전히 성립되고 숨을 쉬기 위해서는 집에 딸린 마당은 필수적이다. 실은 집이란 한옥에서처럼 그 집에 어울리는 얼마간의 마당이 있어야 제격이다. 이 마당이라는 것이 텃밭도 내주고, 정원도 내준다. 마당에 평상 하나는 기본이고, 그 평상 옆에는 손바닥만 한 크기라도 텃밭이 있기 마련이다. 마당이 있으면 주말에 멀리 나가지 않아도 집에서 캠핑도 할 수 있고, 텃밭에서 싱싱한 채소들을 직접 가꾸며 시간과 비용을 줄이고 즐거움을 오래 누릴 수 있다. 마당이 있는 집이 가장 인간다운 좋은 집이다. 가장 넓은 마당을 갖고 있는 집은 하늘이다. 그래서 천국도 하늘에 있다. 하늘은 태반이 마당이다. 그 마당에 하늘은 별들을 가꾼다. 텃밭에서 만들어지는 그 빛들로 지상의 꿈은 마르지 않는다.

과거 전통가옥에 딸린 우리 한국인의 마당에는 관혼상제에 따른 의례가 있고, 추수가 있고, 사람들의 이야기가 있기 마련이었다. 잔칫날에는 마당에 멍석이 깔리고 차일이 넓게 쳐진다. 흥겨운 농악이 펼쳐지고, 푸짐한 국수와 흡족한 막걸리가 너나없이 건네지며 누구나 즐거운 축제가 열리는 곳이었다. 우리들의 아버지, 어머니, 할아버지, 할머니가 혼례를 올린 곳도 마당이었다. 여름날 밤은 마당가에 모깃불을 놓고 식구들이 밥상에 둘러앉아 저녁을 먹기도 했으며, 어머니의 무릎을 베고 누워 옛날이야기를 들으며 하늘의 별들을 바라본 곳이기도 하였다. 가을철이면 볏단을 풀어 탈곡기로 볏낱들을 떨어내던 한 해의 수확이 풍성하게 이루어지고, 밭에서 지게로 져 온 콩 다발을 널어놓고 도리깨로 타작을 하기도 했던 곳이다. 그런 마당가에는 으레 텃밭이 있고, 울타리가 있고, 샘이 있었다. 봄이면 꽃대궐을 이루어 집은 아예 꽃 속에 파묻혀 겨우 지붕만 보일 지경이었다.

집에 딸린 마당도 안마당, 바깥마당, 사랑마당 등 안채, 바깥채, 사랑채에 따라 구분되어 그 공간이 서로 다른 역할로 기능했었다. 유년기의 시골집 마당에서 친구들과 구슬치기나 딱지치기, 자치기 등을 하면서 놀기도 했지만 글씨를 처음 배우고 마당의 흙바닥에 써보면서 신기해하기도 했던 기억은 돌이켜보면 동화처럼 아름답다. 초등학교 때 짝꿍이었던 여자애가 도회지로 전학을 가버리는 바람에 휑했던 마음을 달래기 위하여 이름을 써보고 지웠던 곳도 참죽나무에서 후투티가 날아와 모이를 먹던 바깥마당이었다. 앵두나무가 울타리를 이룬 안마당 화단에 채송화, 봉숭아 등을 심는 것은 시골 아이라면 누구나 다 한두 번쯤은 경험했을 것이다. 학교에 다녀와서 마당을 깨끗이 쓸고 빗자루를 내려놓고 잠시 쉬면서 형들과 아버지의 귀가를 기다리는 저녁은 굴뚝에서 솟는 흰 연기와 함께 매우 평온하면서도 목가적이었다.

정릉골에는 마당이 있는 집들이 대다수다. 정릉천 다리를 건너 계단을 오르면서 시작되는 정릉3동 재개발 지구는 소위 말하는 달동네다. 가파른 계단과 미로 같은 골목들이 이어지며 처마를 맞대고 있는 집들이 다닥다닥 붙어있다. 담벼락은 금이 가고, 낡은 슬래브나 오래된 기와지붕은 빗물이 새서 천막으로 덮어놓은 상태다. 처마 아래나 집 한편에 연탄을 들여서 쌓아 놓은 모습도 자주 눈에 띈다. 이러한 불편하고 곤궁한 생활과 고단한 삶으로 집들은 피로가 누적되어 많이 쇄락한 모습이지만 집집마다 작은 마당을 품고 있다. 골목골목을 훤히 알고 있는 시원한 바람을 따라 동네를 산책하다보면, 이따금씩 마당에서 영화나 드라마를 촬영하고 있는 모습이 목격되곤 한다. 복잡한 골목을 빠져나가 산동네 위쪽에 다다르면, 앞뒤로 넓게 트이며 놀랄 만큼 아름다운 보현봉 일대의 북한산 전경이 한눈에 들어온다. 매우 전원적이면서도 목가적이며, 모두가 아날로그적인 세계다. 예술적 안목이 넓은 누군가의 눈에는 아주 아름다운 세계적인 예술촌이 될 수 있는 그런 곳이다. 들어오면, 쉽게 떠날 수 없는 곳이다. 비로소 오랫동안 이곳에서 정착하여 살고 있는 사람들을 알 것 같다. 앞으로 개발이 이루어져 주민의 편의와 지역의 발전이 이루어지는 것은 바람직하지만 차후에는 서울에서 정릉과 같은 동네는 찾아보기 어려울 것이다.

MBC 드라마 '누나'에서 순정적인 사랑의 건우가 사는 곳도 여기 정릉의 오래된 옛집이다. 또한 영화 '건축학개론'에서 정릉 토박이 승민과 고향 제주도를 떠나 친척집에 잠시 머물러 사는 서연이 달달하고 풋풋한 데이트를 시작하는 곳도 이곳 정릉의 오래된 옛집에서 로케이션 되었다. 그만큼 정릉은 옛 정취가 물씬한 곳이다. 근·현대의 기억과 풍경이 좀처럼 사라지지 않는 장소다. 영화와 드라마 속에서 재현되며 끊임없이 우리를 과거로부터 잃어버린 서정과 사랑을 회복시켜주는 곳으로 인간의 본질과 향수를 거듭 재발견하는 무대가 정릉이다.

마당은 봄마다 꽃대궐을 이루고, 여름에는 와달비가 쏟아지며 빗물이 흥건하게 고이는 것을 볼 수가 있다. 가을은 마당가 감나무에서 붉게 익은 홍시들이 푸른 하늘과 함께 어울리는 풍경으로 만추는 은혜와 축복이 넘친다. 마당이 깊은 휴식에 들어가는 것은 겨울이다. 간간이 눈이 내려 쌓이면서 마당이 관조적인 시간에 들면 아무도 마당의 고요를 함부로 밟지 않는다. 🍃

밤 열시 십분 정릉

마지막 버스를 타고 갔다

네가 감으로써 어쩔 수 없이

나는 너의 종점이 되었고

너는 나의 종점이 되었다

종점은 서로 반대방향이었다

우리는 같은 종점에서

서로 다른 버스를 탔고

버스는 종점에서 종점으로 갔다

종점은 어두워서

아무것도 보이지 않았다

같은 버스를 타지 않는 사랑은

어둠만이 광막했고

문이 모두 닫혀 있었다

「143번 버스」

제3부

무심한, 그러나 자리를
지키는 것들

언제나 묵묵히 제자리를 지키는 마음과 마음들,
마음을 데우러 갑니다

입춘

봄은 짧다. 너무 짧아 뻐꾸기가 제 울음을 다 쏟아놓기도 전에 봄날은 후딱 간다. 봄을 놓치는 것은 두려운 일이다. 꽃들은 그걸 알아 겨울이 떠나는가 싶으면 서둘러 무섭게 꽃을 피운다. 하지만 겨울은 쉬이 떠나지 않는다. 저만치 가다가도 무엇이 생각났는지 불쑥 되돌아와 꽃들을 당혹스럽게 할 때도 있다. 졸지에 호되게 얻어맞은 매서운 겨울의 주먹 한 방에 얼굴이 얼얼하지만 꽃들은 그럴수록 맷집이 좋아져 냉해의 외상으로부터 벗어나 겨울과 맞서는 방법을 터득한다.

긴 겨울 칩거를 끝내고 나온 나무들은 듬뿍 붓에 먹을 찍듯이 잔뜩 망울을 부풀린 나뭇가지 붓으로 '입춘대길(立春大吉) 건양다경(建陽多慶)' 입춘서를 봄의 대문에 쓴다. 입춘서를 씀으로써 나무들의 봄은 시작된다. 봄이 시작되고, 꽃들이 피는 그 일들이 모두 경사스런 일이다. 그 입춘서는 꽃들이 스스로를 위한 하나의 주문(呪文)이다. 열 번 백 번 천 번 만 번 외고 외면 진언이 된다. 본디부터 그 글귀는 꽃들의 것이다. 맨 먼저 물이 올라 꽃을 피우는 생강나무나 산수유나무를 보아도 그런 생각이 든다. 어느 눈 밝은 이가 먼저 알아보고 세상에 내놓은 것뿐이다. 꽃들이 아니면 누가 먼저 우리들에게 봄을 알려줄까.

이 세상 불시에 날아드는 것들은 많다. 예기치 않게 날아드는 그 온갖 주먹들을 우리가 무슨 수로 다 피할 수 있으랴. 요리조리 어떻게 몇 번 피해보지만, 이리저리 매번 도망만 다닌 다면 우리가 언제 무슨 일을 할 수 있을까. 링 위에 오른 복서가 제아무리 세계 제일의 챔피언이라도 한 대도 안 맞고 싸울 수는 없다. 알고 보면 꽃들은 모두 맞고 산다. 한 대도 맞지 않으려면 답은 간단하다. 꽃을 피우지 않으면 된다. 하지만 그런 꽃은 없다. 비가 오면 비를 맞고, 눈이 몰아치면 눈을 맞고, 바람이 휘두르면 바람에 맞고, 우박이 쏟아지면 사정없이 우박을 맞고, 벼락이 때려도 벼락을 맞고 꽃들은 죽으면서도 꽃을 피운다. 그것이 꽃이다.

눈과 얼음을 덮어쓰고도 피는 얼음새꽃이 있다. 고산의 칼바람 속에서 제 치마로 눈을 덮어 녹이고 피는 처녀치마가 있다. 얼어붙은 땅 혼신의 힘을 다해 뚫고 올라와 피는 바람꽃이 있다. 그런 꽃들에게 세상의 주먹쯤은 잽도 아니다. 주먹보다 단단한 꽃들 앞에서 겨울은 그 주먹을 휘두를 생각을 감히 하지 못한다. 꽃들은 피하지 않는다. 피하지 않아서 주먹을 벗어난다. 꽃들에게 종속된 삶은 없다.

입춘, 올해로 내가 몇 번째 시작하는 봄인가. 지난봄이야 그렇다 치더라도 지금의 봄, 또 앞으로 다가오는 봄은 어떤 봄일까? 오늘은 바로 그 봄들을 위하여 무엇인가를 세워보는 날이다. 이제 나는 나의 봄을 기다리지 않는다. 기다리기에는 시간이 아깝다. 봄은 오는 것이 아니라 내가 찾아내는 것이다. 제주의 수선화, 매화, 복수초 등 그 꽃들은 처음부터 거기 있었던 것이 아니다. 다들 오는 봄을 기다리고 있을 때 그 꽃들은 먼저 귀양을 가듯 스스로 먼저 봄을 찾아 떠났기에 거기 존재하고 있을 따름이다. 우리는 다만 뒤늦게 알아볼 뿐이다. 꽃들은 내가 봄을 기다리고 있을 때마다 그런 사실을 진리처럼 다시 알려준다. 그것이 내가 꽃을 사랑하는 이유다. 나는 여전히 올해의 봄과 다가올 봄도 그렇게 꽃들처럼 나

스스로를 먼저 찾아 세우는 일로부터 시작되는 봄이 있을 뿐
이다.

아침이 되자 지인들로부터 입춘서와 입춘화가 SNS로 날아
든다. 밖은 아직 추위가 얼얼하지만 절기를 놓치지 않고 사
는 그분들이 있어 우리는 계절을 안다. 실상 그들이 봄이고,
먼저 피는 꽃이다. 고맙게도 그 따뜻한 마음을 받았으니 '일
문서기(一門瑞氣) 만리화풍(萬里和風)' 내 글씨, 내 글은 아니지만
이렇게라도 화답하는 일이 우리 모두가 다함께 꽃바람이 되
어 이 땅 모든 집마다 상서로운 기운이 가득하고, 온 세상에
온화한 바람이 불어 우리 모두에게 희망과 사랑으로 봄은 또
시작되리.

구석진 내 가슴에도 기어코 봄은 오리. ◐

뻐꾸기는
잠을 자다가도
품어보지 못한 제 새끼가 생각나
운다

아무리 목이 쉬게 울어도
제 어미를 모르는 새끼들은
아무도 울음을
듣지 못한다

사랑할 때가 봄이다
봄을 유기한 뻐꾸기는 그렇게
제 가슴을 치며
운다

봄은 짧다
봄은 짧다
사랑을 놓친 새의
울음이 길다

「뻐꾸기의 입춘」

정릉시장

저 흥성거림, 즐겁다. 삶은 큰 이득으로 사는 것이 아니다. 소소한 재미 그 즐거움으로 산다. 물건을 파는 가게 주인도 조금은 남아야 살고, 물건을 사는 손님들은 조금 더 돈을 줘도 밑지지 않는다. 시장은 사업을 하는 장소가 아니다. 모두의 필요에 의해서 적당한 서로의 이득을 취하는 곳이라 손해가 없는 즐거운 공동체다.

아낙네들은 콩나물 한 봉지 생선 한 토막도 조금이라도 더 깎아서 사고, 남정네들은 어떻게 해서라도 막걸리 한 잔 더 마시려 한다. 그런 아줌마도 아저씨도 얄밉지 않다. 그것이 가시버시들의 인간적인 모습이고, 또한 장터는 그래야만 맛이 난다. 지나가는 아이들도 떡볶이와 어묵을 사먹으며 좋아서 깔깔거리는 모습은 지출한 용돈보다 즐거움이 훨씬 더 커 보인다.

오랜만에 이발소와 미장원에 앉아서 머리를 하는 시간은 한가롭고 평온하다. 머리를 깎으면 최소한 그 하루는 틀림없이 행복하고, 목욕탕의 뜨거운 물에 몸을 담그면 세상의 근심 걱정은 봄눈처럼 녹고, 뼈까지 개운하고 시원하다. 제아무리 코로나가 기승을 부려도 우리의 마음까지 마스크를 쓰게 하지는 못한다. 전쟁 통에도 사랑은 싹트며 새로운 생명은 태어난다. 시장은 활력이 넘치고, 삶의 동력을 만들어내는 발전소다. 탄소 발자국 대신 인정의 발자국이 남고, 그 발자국들은 자신의 행복을 찾아서 서로 다른 동선을 그린다. 삶의 모습은 모두 다르지만 행복의 형태는 다르지 않다.

즐거운 것이 행복이다. 재미있는 것이 행복이다. 웃는 것이 행복이다. 그러기 위해서는 써야 한다. 그 행복을 위한 소비에는 낭비가 없으며 소비가 아닌 생산이다. 씨앗 한 봉지를 사서 화단이나 텃밭에 뿌리면 훨씬 더 삶이 즐거워지고 재미가 생기고 미소를 짓게 된다. 시장에는 없는 것이 없다. 결핍과 결여가 없다. 우리가 찾는 모든 것들이 도처에 은연히 행복이라는 이름으로 산재해 있다.

　시장은 많은 돈이 들지 않는다. 시장에서는 카드가 없어도 꾸깃꾸깃한 지폐 한두 장에도 우리는 궁색함을 벗고 허기와 가난을 면한다. 헐렁한 추리닝 바지에 슬리퍼를 신고 나가도 아무도 흉보지 않으며 갑질하지 않는다. 아주 편안한 내 동네이고 모두 이웃인데 무슨 격식을 차리랴. 시장은 인식과 의식과 격식이 필요치 않은 곳이다. 그럴 일이 없겠지만, 혹여 일상이 조금 따분하고 재미가 없다면 지금 곧바로 시장에 가면 된다. 당신의 권태와 태만을 일시에 전복시키며 삶에 활기를 되찾아주는 시장에서 당신은 물이 오르는 버들처럼 생생한 봄을 다시 맞게 될 것이다.

　시장에는 공짜로 얻는 쏠쏠한 재미와 즐거움이 있다.

눈은 잘 고쳐지지 않는다
편견과 선입견이 강하다

시장에 가면 달라진다
눈에 띄는 모든 것이 새롭다

억척과 인정이 넘치는 곳
활기를 되찾고 싶으면 시장에 가라

아무것도 해보지 않는 것
그게 패배며 가난이다

시장에 가면 산다
시장에 가면 삶이 보인다

「시장」

청년살이 발전소

발전소를 만난 적 있다. 내가 만난 발전소는 청년이었다.

우리나라에 처음으로 전등불이 켜진 것은 1887년(고종 24년) 봄, 경복궁 안의 향원정 옆에 설치된 동력발전기에 의해서였다. 전기는 영구 자석의 N극과 S극 사이에 구리선을 넣고 움직이면 전류가 발생한다. 발전소에서는 이 원리를 이용하여 발전기를 돌려서 전기를 얻는다. 다양한 발전의 형태가 있지만 그중에서도 석탄을 에너지원으로 사용하는 화력발전은 대기오염과 온실가스의 주범이 되고 있고, 원자력발전은 구소비에트 연방 우크라이나 체르노빌 원전 사고와 일본 후쿠시마 원전 사고에서 볼 수 있듯이 자칫 인류의 대재앙을 불러일으키는 원인이 될 수 있다. 이러한 발전의 형태들은 점진적으로 폐쇄하거나 신설을 억제하는 것이 필요하며, 눈앞에 있는 당장의 경제적 이익보다는 인간의 삶을 최우선적으로 고려해야 한다. 그렇기에 풍력, 지열, 파력, 태양광, 수소 등을 이용한 발전 방식의 비중이 더 커지고 있으며 한층 더 중요해졌다.

우리 시대의 가장 중요한 발전소는 무엇일까? 위에서 든 물리적인 발전소는 현대생활에 필수인 전기를 생산하는 데 없어서는 안 되는 것들이지만 그보다 더 중요한 것은 이 사회에 희망을 생산하는 일이다. 그 희망을 생산하는 일의 주축과 핵심은 바로 청년이다. 청년이 꿈을 갖지 않는다면 미래는 보장될 수가 없다. 하지만 오늘날 우리 사회는 어떤가. 청년에게 꿈을 갖게 할 만한 환경과 여건을 최소하나마 구비하고 있으며 그런 기회들을 적절히 잘 제공하고 있는가. 꼭 그렇지만은 않다. 서울의 집값 폭등에서 볼 수 있듯이 서울은 여전히 기회의 땅이기도 하지만 지금은 청년들이 꿈을 꾸고 희망을 이어 가기에는 역부족이며 현재로서는 절망이 클 수밖에 없다. 연애, 결혼, 출산을 포기하는 삼포세대 청년들로도 모자라 내 집 마련, 인간관계를 포기하는 오포세대와 설상가상 거기에 더하여 취업과 희망마저 포기하고, 건강과 외모마저 포기해야 하는 N포 세대라는 신조어까지 등장한 지경이고, 오죽하면 '헬조선'이라는 말이 다 나왔을까. 청년들에게는 참으로 우리 사회가 너무 슬프고 숨이 막히도록 답답할 수밖에 없다. 그동안 정치인들이 이전투구를 일삼은 것은 알지만 그 외에 누구를 위해서 무엇을 했는지 정녕 묻지 않을 수가 없다. 오죽하면 신부님이 나서 삼천 원짜리 청년 밥상을 만들게 되었을까. 누가 이토록 절망적인 세상을 만들었는가? 정치인과 공무원이란 적어도 자기 배를 불리는 사람들이 아니라 좋은 세상을 만들어야 할 책임이 있는 사람들이다.

전의를 상실한 병사는 싸우지 않으며, 병사가 싸우지 않으면 전쟁은 지는 것이다. 병사 뒤에 숨어서 소리만 높이는 장수를 누가 따르겠는가. 우리 사회의 가장 훌륭한 병사는 청년이다. 청년이 살아야 희망이 살고, 사회가 살며 나라가 산다. 청년들이 연애를 해야 세상은 향기로운 꽃이 피고, 물오른 나무들처럼 이 세계가 밝아진다. 누가 인구가 줄고 지방의 마을이 사라진다고 걱정을 하면서도 그 마을에서 사람들이 살 수 있도록 좋은 법안 하나라도 마련하였는가?

내가 만난 그 청년은 몸은 야위었지만 생각이 훤칠하고 사고가 단단했다. 자신과 세상 사이에서, 불행과 행복 사이에서, 절망과 희망 사이에서 자신을 위치시키고 부지런히 청춘을 매개로 삶의 동력을 그 스스로 생산하고 있었다. 나는 저녁을 먹으며 그에게 물었다. "청년은 무엇입니까?" 밥을 깨끗하게 다 먹고, 그는 수저를 놓으며 말했다.

"스프링입니다, 희망입니다."

나는 그 청년과 헤어져 돌아오는 길에 사무엘 울만의 시 「청춘(youth)」을 떠올렸다. 그에 의하면, "청춘이란 인생의 어느 한 기간을 말하는 것이 아니라 마음의 상태를 말한다. 그것은 장밋빛 뺨, 앵두 같은 입술, 하늘거리는 자태가 아니라 강인한 의지, 풍부한 상상력, 불타는 열정을 말한다. …… 영감이 끊어져 정신이 냉소라는 눈에 파묻히고, 비탄이란 얼음에 갇힌 사람은 비록 나이가 이십 세라 할지라도 이미 늙은이와 다름없다. 그러나 머리를 드높여 희망이란 파도를 탈 수 있는 한 그대는 팔십 세일지라도 영원한 청춘의 소유자일 것이다" 그의 말처럼 "나이를 먹는다고 해서 우리가 늙는 것이 아니다. 이상을 잃어버릴 때 비로소 늙는 것이다"

'spring'의 우리말 역어는 봄이다. 탄성한계를 끝없이 밀어 올리며 역치를 바꾸고 자신의 이상과 꿈으로 희망을 일구는 사람, 그 사람이 청춘이다. 그를 만나고 돌아오는 길 가로수 의 나무들이 봄빛으로 출렁였다.

물레방아는 물가에 있어야 하고
물레방아도 물이 있어야 돈다

청춘은 희망에 있어야 하고
무한한 미래를 돌리기 위한 꿈과 이상은
모두 청춘의 것

청춘은 희망의 발전소
집집마다 등을 켜고
이 세상 어둠을 밝히는
청춘은 어디서나 빛이다

하늘의 별들이 밤마다 찬연한 것도
푸른 청춘의 별들이 발전을 멈추지 않는 까닭

그대가 발전을 멈추는 순간
희망은 모두 블랙아웃이다

「발전소」

최만린미술관

지구는 우주의 박물관이며, 자연은 위대한 갤러리다. 모든 것들이 살아있는 아름다운 예술이고 생생한 작품이다. 그리스 로마 신화에서 등장하는 예술의 여신 무사이(mousai, 뮤즈 muse)는 제우스와 므네모시네의 아홉 명의 딸들로 각 분야별로 예술가들에게 깊은 영감을 주었다. 무사이는 후에 음악을 뜻하는 'music'과 박물관 'museum'의 어원이 되었으며, 현재는 '뮤즈'로 널리 통용되고 있다. 이러한 신화적 측면에서 예술은 신들의 기억이며, 위대한 영혼들의 산물이다.

예술은 무엇일까? 아름답고 숭고하다. 그것은 높고 깊은 것이다. 경이롭고 기상천외하다. 그것은 신비롭고 파격적인 것이다. 생경하고 충돌한다. 그것은 도전적이고 전복적인 것이다. 기괴하고 섬뜩하다. 그것은 당혹스럽고 파괴적인 것이다. 말랑말랑하고 달달하다. 그것은 센티멘털한 것이고 로맨틱한 것이다. 독설이고 잠언이다. 그것은 질타며 명상이다. 관능미이고 순수미다. 그것은 고혹적이며 회유적인 것이다. 탈주하며 이탈한다. 그것은 도발적인 것이고 창조적인 것이다.

예술은 우리가 한마디로 단언하기 어려운 성질의 것이다. 인간의 영역이지만 신의 영역에 더 가깝기 때문이다. 그렇다고 주어와 술어의 관계처럼 인간과 신은 서로의 위치가 환유되지 않는다. "예술은 길고 인생은 짧다"라는 격언도 같은 맥락이지만, 히포크라테스가 살았던 고대 그리스의 학문과 예술에 입각하여 더 바르게 해석되어야 한다. 분명한 것은 예술은 단순히 기능이나 기술, 학문이나 학술과 같은 것이 아니라는 사실이다. 모든 예술의 기저는 인문학이다. 문학과 역사와 철학이 바탕을 이루고 있지 않다면 예술이 될 수가 없다. 오늘날의 작가들이 책을 읽어야 할 이유이다. 공부하지 않는 작가, 공부하지 않는 예술가는 없다. 쓰고, 읽고, 그리고, 보고, 듣고, 걷는 과정 속에서 우리의 내면을 불시에 치며 떨리는 전율로 다가오며 영혼을 송두리째 흔들어놓는 감동의 작품이 탄생한다.

한국 현대 추상조각가 최만린은 서울 토박이다. 정릉에서 30년을 살았으며, 그가 살았던 자택은 현재 성북구립미술관 분관인 최만린미술관으로 2019년 10월 31일 개관되어 사람들의 사랑을 받고 있다. 또한 이 미술관은 2020년 대한민국 공공건축상 우수상을 받은 건물이기도 하다. 미술관의 안내에 따르면, 최만린 작가는 '우리나라 제1세대 조각가로서 무엇보다 한국 조각의 정체성에 대하여 고뇌하며 동양철학의 근원적 속성을 추상의 형태에 담아내면서 한국 추상 조각의 개척자로 평가' 받고 있다.

2021년 기획전시 작품 중 폐허에서 찾은 생명 「이브의 시대」(1958~1965)에서는 "이브라는 것은 성서에 나오는 인물이라기보다도 직접적인 나의 모습이요, 내 옆에 사람들의 모습 이고, 하나의 인간을 말하는 그런 대명사로써 이브라는 언어를 차용했습니다"라고 이브를 설명하고 있으며, "나뿐이 아니라 나와 같이 살아가는 모든 사람들이 찢어지고, 부서지고, 다치고, 죽음 앞에 허덕이고, 겨우겨우 생명을 유지하는 그런 부서진 상태를 하나하나 주워 모아서 다시 엇비슷한 원상 속에 회생할 수 있는 그런 마음이랄까요. 나의 흩어진 마음을 한 조각, 한 조각 흙으로 붙여나간 것이 「이브」연작이라는 작품입니다"라는 소개 글이 있다. 지금 여기서 주목하고 싶은 것은 "찢어지고, 부서지고, 다치고, 죽음 앞에 허덕이고, 겨우겨우 생명을 유지하는 그런 부서진 상태를 하나하나 주워 모아서 다시 엇비슷한 원상 속에 회생할 수 있는 그런 마음, 흩어진 마음을 한 조각, 한 조각 흙으로 붙여나간" 그 마음이다.

그 마음은 인간의 근원적 속성에 대한 철학으로서의 순환과 재생이며, 인간으로서의 따뜻한 연민과 공감이다. 또한 자연으로서의 합일과 복귀이다. 생명, 사랑, 질문, 사고, 상처, 투쟁, 탐험, 연대, 학습, 기억 등이 인간의 속성이라면 우리는 그 속성 속에서 세상을 다시 발견하게 되며 또 다른 인간으로 거듭 성장해간다. 우리 인간에게는 깃털이 없고, 없어서 옷을 만들었다. 날개가 없고, 없어서 비행기를 만들었다. 속성은 다른 속성과 구분되어 귀속되기보다는 더 깊게 심화되며 넓게 확장해간다.

선생의 작품은 우리 인간의 그런 속성을 드러내어 보여주고, 보여주며 감춘다. 그것은 확산과 압축 전개와 생략이다. 멀고 가까운 것들이, 만나고 헤어지는 것들이 모두 고유한 목소리와 마음을 투영하는 빛으로 산개하고 있다. 그 빛들은 봄날의 산색인가 하면, 감실감실 하늘로 오르는 명창의 소리처럼 울린다. 흩어지는가 싶으면 다시 모이고, 다시 모이는가 싶으면 비산하여 안개처럼 퍼지고, 이윽고 안개가 걷혀서 만물상을 드러낸 산수의 모습이기도 하며, 쓰개를 벗은 달밤의 여인처럼 환하다. 가리면 짙고, 열면 투명하여 공간은 대상을 포용하고, 대상은 공간으로 확장된다.

작품은 작품으로 단절되지 않으며 연속된다. 뮤즈가 부재하던 시절에도 예술은 존재하고 있었으며, 악보가 없는 시대에도 음악은 있었다. 우리 인간은 모두 기억하는 자이다. 최만린 선생은 우리들의 조각난 기억들을 조형적 예술로 승화시켰다. 기억의 여신 므네모시네는 지하 세계인 하데스에서 '기억의 연못'을 관장하고 있다. 죽은 사람이 레테의 강물을 마시고 환생하면 전생의 기억을 모두 잃고, 기억의 연못물을 마시면 기억이 모두 되살아난다고 한다.

예술은 모두 누군가의 기억이다. 정작 예술가 그 자신은 잘 모르지만 전생의 기억들이 모두 생생하게 살아있는 기억의 소산이다. 🍃

나는 오로지
당신의 기억 속에서만 존재합니다

장미꽃의 향기도
번갯불의 섬광과 소리도
모두 기억입니다
기억이란 저장하는 것이 아니라
새겨지는 것입니다

만나야 합니다
만나지 않으면 잊힙니다
함께 밥을 먹고 사랑하는 것도
기억하기 위해서입니다

당신과 내가 만나는 한
우리는 실종되지 않습니다

「므네모시네」

개 조심

바야흐로 꽃들이 흐드러지게 핀 봄날 아이들과 함께 손잡고 산책을 나섰다. 샛노란 개나리와 연분홍 진달래, 새하얀 벚꽃과 목련들이 다투어 핀 산동네는 골목마다 꽃들로 길이 비좁다. 직박구리는 튀밥을 튀기듯 꽃들을 뻥뻥 튀겨내는 산벚나무 꽃 속에 파묻혀 제 꽁무니에서 내가 쳐다보는 줄도 모르고 꿀을 따기에 여념이 없고, 이 나무 저 나무 마구 흔들어대는 꽃향기는 미로 같은 골목을 빠져나가지도 못하고 우왕좌왕 여기저기에 갇혀 길을 잃었다.

얘들아 또 어디로 갈까? 아이들은 즐거워 즐거워 마냥 즐거워 벙글벙글 얼굴에 미소가 넘치고, 어느 길이든 꽃길이다. 여기 비눗방울처럼 부풀어 터지는 고운 명자꽃도 보고, 저기보를 넘어 흐르는 냇물처럼 꽃 사태를 이루며 넘어지기 일보 직전인 울타리의 노란 꽃은 모두 황매화다. 하지만 조심해서 만져라. 수줍어하는 명자꽃은 각시처럼 곱지만 가시가 있고, 황매화는 마음을 줄 때까지 기다려야 하니 좋다고 먼저 덥석 손을 잡지는 마라. 양지바른 언덕 돌틈의 제비꽃에 내려앉은 나비도 보고, 노란 산괴불주머니꽃 꿀주머니 속의 벌도 보아라. 곱고 아름다운 것들은 무엇을 만나도 그 역시 곱고 아름다우며, 좋은 것들을 나누는 방식도 저리 아름답단다. 또한 곱고 아름다운 것들은 순수하여 그 어디서라도 제 빛깔과 이름을 지켜 이 세상 끝까지 남게 된단다.

텃밭에 심은 저 여린 모종들은 상추, 치커리, 겨자채, 당귀다. 너희들도 어려서부터 저것들로 맛있게 쌈 싸먹고 쑥쑥 컸단다. 저기 또 보이는지 모르겠다. 아까시 꽃향기 아찔한 저 산자락 비탈의 숲길을 넘으면 아빠가 냉골 약수터에서 떠온 물을 마시며 자랐다는 것을 너희들은 잘 모르겠지만 북한산은 다 기억하고 있단다. 오가는 길처에서 만났던 나무들, 골목의 꽃들은 너희들의 발소리를 오래 들어서 너희들의 발걸음 소리를 알고 있단다. 알고 있는지 모르겠지만 너희들도 그 꽃과 나무들에게 인사를 건네며 학교를 오갔단다. 모르면 몰라도 너희들도 저

멋진 칼바위능선의 풍광을 바라보며 산처럼 큰 꿈이 자라고, 청수골의 시냇물 소리를 들으며 자라서 너희들의 마음이 맑고 아름다운 것이다. 그렇지 않고야 지금 너희들을 바라보는 저 북한산이 할아버지 할머니처럼 저리 흐뭇해할 리 없지 않느냐.

 이제 저 아래로 내려가 자장면 한 그릇씩 먹고 집에 가자 꾸나. 내려가는 가파른 계단을 하나씩 딛고 조심해서 잘 내려가자. 저 집 귀가 쫑긋하고 날렵해 보이는 저 하얀 진돗개가 오늘도 길목을 지키고 있구나. 우리를 바라보며 짖지만 너무 무서워하지 마라. 왜, 기억나지 않느냐? 전에 언젠가 이 길로 내려가는데 그악스럽게 짖어대며 펄쩍펄쩍 뛰다가 그만 목줄이 풀어졌지만, 막상 줄이 풀어지자 저도 너무 갑작스런 일에 당황하여 제풀에 꺾여 콧김을 씩씩거리며 머쓱한 모습으로 머리를 숙이고 꼬리를 흔들던 모습에 내려와서 웃었던 일이 생각날 것이다. 사실은, 저 개도 종일 사람이 그립단다. 요즘이야 사람들이 꽃을 보러 오지만 다른 때는 사람들의 발길이 뜸하여 외로움을 탄단다. 뿐만이 아니라, 우리가 아무런 적의도 갖고 있지 않아서 우리를 물 생각은 처음부터 없었단다. 개는 본디 사납지 않고 온순하고 영리한 동물이다. 개가 사람을 물 때는 개도 그만큼 위험을 감수해야 한다는 것을 모르지는 않는다. 저 개는 그때처럼 지금 제 일을 하고 있는 것뿐이다. 주인이 아니면 경계를 하면서 집을 지키는 것이 개의 일이다. 그래도 무서우니 앞장을 서서 가는 아빠의 손을 잡고 조심조심 바짝 붙어서 오렴.

애들아 아는지 모르겠다. 삶은 모두 우리가 한 생각의 방향으로 흐른다. 개는 개과에 딸린 동물이다. 개의 조상으로 알려진 야생의 늑대를 길들인 가장 오래된 가축이지. 미국 인디언 문화 중에는 할아버지와 손자가 나누는 '두 마리 늑대' 이야기가 있단다. "우리 사람의 안에는 서로 싸우는 두 마리 늑대가 살고 있단다. 한 마리는 화, 질투, 원망, 탐욕, 거짓 등으로 가득 찬 늑대고, 다른 한 마리는 사랑, 희망, 평화, 겸손, 감사가 가득한 늑대지" 손자가 물었다. "그럼 두 마리가 싸우면 어느 늑대가 이기나요?" 할아버지가 대답했다. "먹이를 주는 늑대가 이기지"

우리 안에 사나운 늑대가 사는 것은 우리의 그릇된 욕망을 먹여 살리는 먹이 때문이다.

미움, 분노, 원망, 시기, 질투, 편견, 오만, 불평, 증오, 나태, 태만, 혐오 등 그 먹이는 사료처럼 아무 때나 늑대에게 줄 수 있다. 그런 먹이를 줄 때마다 그 늑대는 더욱 이빨이 날카로워지며 포악한 야수가 된다. 저 개처럼 아주 무섭고 시끄럽게 짖는 개는 기실 착한 늑대란다. 우리가 그런 것도 모르고 단지 무섭고 시끄럽다는 이유로 착한 늑대를 내쫓거나 죽일 수는 없지. 착한 늑대의 으르렁거림은 우리가 바르게 살아야 한다는 경고란다. 늑대는 단지 그 이유 하나만을 위해서 기꺼이 우리 인간과 연대했으며, 포악성을 버리고 우리를 기꺼이 지키는 종복으로서 착한 개가 되었단다.

늑대는 아무런 잘못이 없어. 개가 짖는 것도 당연한 것이야. 서로 피를 흘리는 싸움이 사라질 때 우리가 바라는 평화는 찾아오기 마련이야. 함부로 늑대를 나쁘게 말하거나 개를 욕할 이유가 없어.

이렇게 너희들과 봄날 꽃구경을 하며 산책을 하는 오늘은 정말 행복한 날이다. 엄마 아빠가 지금은 아직 젊지만 훗날 늙어서 너희들이 더 그리워지는 날, 그때도 오늘처럼 꽃들은 필 것이다. 각자 다른 데서 너희들 모두 바쁘게 사느라 잊고 살기 쉽지만 문득 창밖을 보다가 꽃을 보거든, 꽃이 다 지기 전에 와서 함께 꽃구경을 하자꾸나. 엄마 아빠에겐 언제나 너희들이 꽃이라는 것도 잊지 말고.

자 이제 자장면 먹자.

밖에 아무도 없는데
시끄럽게 짖는다고요?
도둑이 온 거예요

도둑은 살금살금 와서
잘 눈에 띄지 않아요
들키면 붙잡히거든요

화를 내고, 원망을 하고
미워하고, 질투하고 증오하면
도둑이 들어요

개가 짖을 땐 조심하세요
좀도둑이야 그렇다 치고
나를 훔쳐가는 도둑이 있어요

「개 조심」

개울장

장날 방구석에 처박혀 있는 것은 바보다. 장날은 타동네 강아지도 배를 곯지 않고 바람도 신명이 난다. 정릉 개울장이 열리는 날은 이른 아침부터 버들치가 사람보다 먼저 온다. 윗동네 아랫동네 버들치들 다 모여 지들끼리 신나게 헤엄을 치면서 아이들의 놀이터를 먼저 선점한다. 곧이어 꺽다리 새하얀 새침데기 백로도 오고, 댕기를 맨 왜가리도 오고, 뒤늦게 해오라기도 헐레벌떡 온다.

동네 아줌마와 청년들과 아저씨, 할머니와 함께 온 손자도 보따리를 풀고 정릉천을 따라 각 장별로 길게 난전을 펼친다. 벼룩시장인 '팔장'에서는 집에서 쓰던 냄비를 비롯한 그릇과 가방과 옷들이 주류를 이루고, 손수 만든 물건을 직접

파는 '손장'에는 아이들이 좋아하는 인형과 손지갑과 각종 액세서리 등의 소품에서부터 된장, 고추장, 청국장과 같은 전통 장류들이 선을 보인다. 그뿐만이 아니다. 고장 난 간단한 가전기기나 기타 도구들을 수리해주는 '수리장'에서는 들고 나온 것들을 실비로 고치기도 하고, 도시농부들이 키운 소소한 농산물을 판매하는 '소쿠리장'도 있고, 사회적 기업의 생산품을 취급하는 '알림장'도 있다. 또한 직접 체험을 해보는 '놀장'도 있다. 천연 염색, 악기 연주, 캘리그래피 등 색다른 체험을 할 수도 있고, 즐거운 '즐기장'에서는 장식품, 풍경 등과 같은 것을 만들어볼 수도 있다. 아이들과 모처럼 주말을 맞아 개울장을 구경하다보면 배가 출출해지기 마련이다. 이럴 때는 '배달장'을 이용하면 된다. 배달장은 정릉시장에서 파는 음식을 개울장으로 곧바로 배달해 준다.

볼거리, 먹을거리는 물론 그밖에 누리는 즐거움과 기쁨과 여유로움은 모두 공통으로 얻는 소소한 행복이다. 등산을 하고 내려오는 사람들도 삼삼오오 모여 앉아 이야기를 나누며 작은 포만감에 즐거워하고, 솜사탕을 사들고 엄마와 함께 손을 잡고 가며 행복해하는 해맑은 아이는 천사의 얼굴이다.

정릉 개울장은 화합과 소통과 교류의 장이다. 우리네 삶의 잔잔한 이야기가 있는 곳으로 생활문화가 모범적으로 잘 자리 잡고 있다. 청년들과 어른들이, 상인들과 주민들이, 아이와 아이들이, 이웃과 이웃들이 서로 경계를 허물고 함께 어울리는 곳이다. 물건을 사고파는 개울장에는 나눔과 배려는 물론 공존과 공생의 길이 서로를 향해 나 있다. 고민은 함께해야 해결된다. 모든 것을 혼자 짊어지고 갈 수는 없다. 주민모두가 함께 참여하고 여러 단체들이 연대할 때 지역과 세대의 갈등은 사라지고 아름다운 공동체가 탄생한다. 마을을 살리는 가족 같은 지역 공동체는 힘겨운 우리 사람을 살리고 지역을 살린다. 개울장에서 우리는 모두 이웃이다.

오후의 햇살이 뜨거울 쯤 아이들은 물속에 뛰어들어 이른 물장구를 치고, 정릉천을 따라 핀 장미꽃들이 아이들을 바라보다 꽃을 놓치고 있다. 🍃

장날은 장터로 가라
백수가 되어 하릴없이 돌아다니더라도
장터로 가라

방구석에 처박혀 있지 말고
지금이라도 얼른 일어나
나가서 세상을 보아라

장터에 가면 삶과 사람들이 보인다
너는 한방을 꿈꾸지만
그들은 한방을 꿈꾸지 않는다

작은 걸음이 멀리 간다
소소한 것들이 내 것이 된다
장터에서는 한방이 없다

「장날」

정릉(貞陵)

　정릉동에는 특별한 이야기가 있는 역사의 숲이 있다. 그 숲에 들면, 세상을 물들이는 나무들의 말이 붉어 내 안의 울음도 울먹이며 눈물이 붉어진다. 그 눈물도 시간과 세월 속에서 조금은 단단하게 여물어지지만, 눈물은 어쩔 수 없이 여린 눈물일 뿐이다.

　'정릉', 이 말 속에는 약간의 혼동이 있다. 정릉(貞陵)은, 사적 제208호 태조의 계비 신덕왕후 강씨의 능이다. 신덕왕후가 죽자 태조는 도성 안에 왕릉 터를 잡고 능호를 정릉으로 정했다. 이 신덕왕후의 정릉은 지금의 정릉동이 아니라 원래는 한성부 황화방(현재의 서울시 중구 정동)에 있었다. 정동은 신덕왕후의 정릉이 있던 곳이라 그렇게 부르게 되었다. 정릉은 왕자의 난을 겪은 이후 태종 9년(1409년)에 도성 밖 양주의 사을한(현재의 위치인 정릉동)으로 이장하였다. 정릉동은 정릉이 옮겨 온 후, 강씨의 정릉이 있어서 붙여진 동명이다.

신덕왕후의 정릉과 그 능이 있는 성북구의 법정동인 '정릉동(貞陵洞)' 사이에서 정릉은 분명 다르게 구분되면서도 미묘하게 섞인다. 역사와 지명, 그 말의 경계가 허물어지면서 모호해지는 경향이 있다. 정릉동을 말할 때 사람들은 대개가 줄여서 그냥 정릉이라고 한다. 가령, '정릉에 간다'고 하면, 대부분은 '정릉동'이라는 동네에 가는 것이지 '정릉'이라는 능에 가는 것은 아니다. 그도 그럴 것이, 앞서 언급한 것처럼 정동과 마찬가지로 정릉동은 정릉에서 유래되었기 때문이다. 정릉동은 정릉이 옮겨 오기 전까지 원래의 지명은 사을한리(沙乙閑里)였다.

우리말 "살한이"를 한자음으로 옮긴 것이라고 한다. 그 뜻은 『서울지명사전』에 의하면, 옛날 오가던 짐꾼들이 이 골짜기에 들어서면 살을 에는 듯이 차가워서 붙인 이름이라고 한다. 그런데 왜 그렇게 추웠을까? 정릉동은 북한산 바로 아래에 위치해 있다. 낮에는 골바람, 밤에는 산바람 즉 산곡풍이 발생하는 곳이다. 밤에 산비탈을 타고 아래로 내려오는 산바람은 중력의 가속으로 인해 겨울에는 더 강하게 분다. 그런 매서운 산바람이 살을 에는 듯이 추워서 사을한리라 불렀을 것이다.

갈수록 여름철 기온이 더 높아지고 더워지는 오늘날의 입장에서 보면, 청수장이 있었던 청수골 정릉은 춥다기보다는 시원한 곳이라는 생각이 든다. 북한산 남쪽 대성문과 보국문 아래 좌측의 형제봉 능선과 우측의 칼바위능선 사이의 산곡을 따라 형성된 계곡이 정릉계곡이다.

이 정릉계곡 곳곳에 청수천 약수와 같은 약수가 용출하며 맑은 물이 사철 끊이지 않는다. 이 약천(藥泉)의 물을 특별히 '청수(淸水)'라 하며, 상류에서 하류로 내려온 정릉계곡을 청수계곡 또는 청수골이라고 달리 불러왔다. 고급 요정이었던 청수장(淸水莊)이라는 이름도 이 청수에서 비롯되었다. 정비석의 『자유부인』에서도 청수장이 등장하고 있을 정도로 그 당시는 모르는 사람이 없을 만큼 한 시대를 풍미했던 곳이다. 100년 가까운 세월동안 '일본인 별장─6.25전쟁 첩보부대─요정 청수장─국립공원 정릉 탐방 안내소'로 변천과정을 거치면서도 청수는 변함없이 흘러서 청수계곡은 정릉천으로 이어진다.

버스에서 내려 골목을 걷는다. 골목은 애써 보지 않아도 뭔가가 보인다. 크다고 보이는 것이 아니다. 관심을 갖고 좋아해야 보인다. 부러 듣지 않아도 말소리가 들린다. 목소리가 크다고 들리는 것이 아니다. 공감이 가야 안에까지 들린다. 보이고 들리는 골목은 모두 사람이 살아가는 모습이며 사람의 이야기다. 골목은 골목으로 이어지며 사람에게로 닿는다.

오늘 시간의 골목 끝에서 만나는 사람은 누구이며, 숲은 어떤 것일까? 골목을 돌아 나와 언덕길을 오른다. 길 한가운데 커다란 나무 한 그루가 이파리를 흔들며 마중을 해준다. 가지가 수간을 따라 곧게 수직으로 자라는 피침형이다. 잎이 어긋나기로 배열되어 있고, 너비가 길이보다 긴 마름모꼴의 달걀형으로 가장자리의 둔한 톱니와 황록색 잎의 뒷면으로 보아 버드나무과 사시나무속에 속하는 양버들이다. 사시나무 무리는 1960~1980년대에 산업발전이 급격하게 이루어지던 시기에 이태리포플러, 은사시나무 등과 같이 대대적으로 우리 땅에 심었던 나무였었다. 하지만 목질이 물러 현재는 펄프재와 같은 것으로 일부 쓰일 뿐 목재의 이용이 제한적이어서 그 모습을 보기가 점점 어려워지고 있다.

양버들 한 그루를 통해 누군가 나를 기다려준다는 것이 어떤 것인지는 저 나무 한 그루의 몸짓을 통해서도 알 수 있다. 모든 기다림은 그리움과 사랑이다. 너를 사랑하고 있다는 것, 당신을 좋아하고 있다는 것은 축복이다. 누군가를 좋아하고 사랑할수록 기쁨과 행복은 크지만 때로는 거기에 따르는 고통도 그만큼 감내해야 한다. 사랑과 고통 속에서 갈등은 야기되고, 갈등은 마침내 어떤 분수령이 되기도 한다. 오늘 만나는 사람, 오늘 만나는 숲이 그런 경우에 해당된다.

아리랑길 언덕의 길 끝에서 정릉(貞陵)은 나지막한 산자락에 자리를 잡고 있다. 세계문화유산 '조선 제1대 태조비 신덕왕후'의 능이다. 우리의 역사에서 아름드리나무들을 쓰러뜨리며 거세게 휘몰아쳤던 바람이 있었다. 그 바람의 진원지는 어디였으며, 바람을 일으키게 한 것은 무엇이었을까? 역사가들이 해석하는 것처럼 '권력'이 그 중심을 차지하고 있겠지만, 그 권력의 기저에 무엇이 작용했던 것일까? 이 세상 모두 '마음'이 아닌 것이 없다고 하였다. 그 마음 중에서도 무시무시한 바람을 일으킨 기제는 따로 있을 것이다.

정문 안으로 들어선다. 느티나무, 밤나무, 참나무, 소나무, 벚나무 등이 눈에 띈다. 길은 능을 중심으로 좌우로 나뉘어

져 있다. 먼저 우측 숲길로 들어선다. 진한 보랏빛 열매의 좀
작살나무가 앙증맞다. 단풍나무, 벚나무, 참나무 등이 늘어선
숲길은 건너편의 능묘와 구분되어 있고, 우측 야트막한 동산
에 소나무 숲이 잘 조성되어 있다. 길은 호젓하고 편안하여
걷기에 좋다. 자주색이 감도는 흰빛 국화과의 벌개미취 꽃이
심심치 않게 피어 있는 가운데 길은 점점 더 숲의 안쪽으로
이어지고 있는데, 순백색의 옥잠화가 눈길을 붙든다. 옥비녀
꽃, 백학선 등으로 부르기도 한다. 옥잠화 꽃은 저녁에 피고
아침에 지는 특징이 있다. 향기는 여느 꽃보다도 고아하다.
옥잠화 꽃을 제대로 감상하기 위해서는 달이 뜬 밤에 보아야
한다. 옥잠화를 어째서 백학선(白鶴仙), 백옥잠(白玉簪)이라고 부
르는지 그 이유 또한 알 수 있다. 달빛 속의 옥잠화는 화용월
태이며, 빙기옥설이다. 낮에 오므렸던 꽃잎을 편 달밤의 옥잠
화는 마치 날개를 펴고 달을 향해 날아가는 학의 모습 그대
로다. 숲은 안으로 들어갈수록 졸참나무, 신갈나무 등의 참나
무 종류와 소나무, 팥배나무가 많이 보인다. 그 외에도 때죽
나무, 노간주나무, 백당나무 등도 있다. 길은 지도를 보니 중
간 숲을 가로지르는 참나무 숲길과 바깥쪽으로 크게 도는 팥
배나무 숲길이 있으며, 이미 지나쳐 온 소나무 숲으로 구성
되어 있다.

외곽 숲길인 팥배나무 숲길로 들어선다. 이미 꽃도 열매도 다 내려놓고 이파리를 하나둘 물들이고 있는 산벚나무의 모습이 깊고 고요하다. 코로나19 확산 방지 및 사회적 거리두기를 위하여 길은 한 방향으로 걷고 있지만 사람의 모습이 뜸하다. 벤치에 앉아 잠시 생각을 해본다.

'한 방향'은 무엇일까? 사전을 들출 것도 없이 한 방향은 '어떤 반응이나 움직임이 한쪽 방향으로만 일어나는 현상'이다. 시간, 강물, 역사 등도 한 방향임을 알 수 있다. 동력 구조 전달 시스템으로 보면, 한 방향 클러치(one way clutch) 방식이다. 역회전을 방지하는 목적이다. 하지만, 자연계의 모든 변화는 반드시 '엔트로피(entropy)'가 증가하는 방향으로 일어난다는 이론 물리학의 법칙을 따른다. 분자 집단 내의 질서가 무너지게 되면, 질서 유지를 위해서 다른 많은 에너지가 필요한데 그 에너지의 부족으로 무질서해진다는 이론이다. 물질의 온도가 높아지면 분자 내의 전자가 기저 상태에서 여기 상태로 전환되며 활발한 운동이 일어난다. 고립된 계의 엔트로피는 증가할 수밖에 없다.

역사를 엔트로피라는 물리학적 양으로 쉽게 해석할 수 있는 것은 아니지만, 역사의 변혁들을 이해하는 데는 적잖은 도움이 된다. 인류의 역사에서는 특별한 상황들이 있다. 그 상황을 주도하며 역사의 방향을 바꿔놓는 사건과 인물이 있기 마련이다. 신덕왕후의 정릉과 관련하여 '왕자의 난'과 '이방원'이 그런 경우이다. 태조 이성계에게는 두 부인이 있었다. 고향의 향처(鄉妻) 한씨와 서울(개경)의 경처(京妻) 강씨다. 첫째 부인 한씨의 소생으로는 둘째 방과(조선 제2대 정종)와 다섯째 방원(조선 제3대 태종)을 비롯하여 모두 여섯 아들과 두 딸이 있었고, 둘째 부인 강씨 소생으로는 방번과 방석 두 아들이 있었다. 태조 이성계가 조선 왕조를 개국하고 왕위에 오른 후 강씨 소생의 아들 방석을 세자로 책봉했다. 어린 이복동생에게 세자의 자리를 빼앗기고 권력의 중심에서 밀려난 정안군 방원은 절치부심 때를 기다렸다. 1398년(태조 7년) 태조 이성계가 갑작스런 발병으로 위중해지면서 조정의 혼란을 틈타 방원은 정도전 일파를 제거하고, 방번과 세자 방석을 죽이는 제1차 왕자의 난을 통해 대통의 흐름을 바꾸게 된다. 그런데, 왜 가장 나이 어린 여덟째 그것도 적장자가 아닌 첩실의 자식을 세자로 삼았을까? 방석은 태조 이성계의 입장에서는 늦게 본 자식이라 더 귀애를 했고, 둘째 부인 강씨의 영향력이 컸기 때문이었다. 방원은 세자 책봉에서도 밀려나고, 조선왕

조 개국 공신 책록에서도 제외되고 말았다. 거기에 더하여 정도전의 요동공벌 명분으로 왕자들과 종친들의 사병통수권을 해체하여 관병으로 귀속시키려는 과정에서 방원은 절대적 위협을 느끼게 되면서 정도전과 방원 두 세력 사이에서 갈등은 최고조에 이르게 된다. 방원이 갈수록 고립되던 이때가 자연계의 변화에서 말하는 엔트로피가 가장 크게 증대된 시기였다.

첩실 자식의 어린 아들 방석을 고려의 권문세족 출신인 강씨에 의하여 세자로 책봉할 때부터 파란은 이미 예고되어 있었다. 유교적 이상정치와 강력한 왕권의 통치 체제는 양립할 수 없었다. 그런 두 힘이 충돌하는 것은 필연적이다. 어느 시대나 냉혹할 수밖에 없는 정치현실은 한쪽을 선택할 수밖에 없다. 역사는 멀리 돌아가더라도 역류를 거부하며 언제나 한 방향으로 흐른다. 그 흐름을 통어하는 기제는 무엇일까? 그것은 초심의 문제였다. 이 초심을 지키지 못하여 태조의 정권은 사실상 방원에 의해 붕괴되고 말았다.

초심, 첫 마음이다. 초심이 끝까지 가게 한다. 우리의 한 생을 결정하는 것은 이 초심이다. 모든 영광과 명예와 지위, 그 길고 짧음은 순전히 초심에 달렸다. 초심이 초석이다. 이것을 잃으면 한쪽으로 기울고, 반드시 무너지고 만다. 우리는 이 초심을 잃지 않을 때까지만 존재한다. 우리의 존재를 좌우하는 실제적인 수명이다. 초심을 지키면 만년을 가지만 잃게 되면 아무리 화려해도 봄꽃처럼 이내 지고 만다.

초심은 나무들이 풍상을 견디는 힘이다. 나무들은 잠시 자신들이 주목을 받을지라도 결코 우쭐대거나 으스대지 않는다. 일순간의 박수에 착각을 하거나 오독하지 않는다. 이 착각과 오독이 초심을 잃게 한다. 초심은 매우 의롭고 강직하여 변심이라는 폭군이 등장하면 이내 순절해 버린다. 초심을 다시 찾기가 어려운 이유다. 나무들은 초심이라는 그 첫 마음으로 산다. 삼십 년, 오십 년, 백 년 나무들은 바람이 아무리 흔들어도 초심은 흔들리지 않는다. 그 첫 마음을 지키기 위해 가장 깊은 곳에 간직하며 어느 곳으로도 빠져나가지 못하게 해마다 한 겹씩 견고한 테를 두른다. 매년 눈비와 비바람을 맞으며 성장하는 나무들, 한 살씩 더하는 그 나이에 테를 두르는 마음, 그 마음이 곧 나무들의 초심이다. 그 초심은 모든 과욕에 칼을 들이대는 절제를 통해 순수하게 지켜진다. 모든 일체의 변질은 본질을 지키지 못하고 부정한 방향으로 정의와 진리를 왜곡시킬 때 발생한다. 나무들은 인간이 툭하면 입으로 저지르는 과오를 범하지 않기 위하여 일찍부터 '입말'을 버리고, 숙고와 성찰, 사유를 통해서 나오는 깊은 '심말'을 택했다. 즉, 나무들은 말하는 자유 대신 사유하는 자유를 선택했다. 나무들은 인간의 입말을 액면 그대로 듣거나 받아들이지 않는다. 사유를 통해 걸러내서 듣는다. 그렇지 않으면 그 입말들은 들뢰즈가 말한 헛소리로 한정되고 만다. 입말은 우리 인간의 숨결과 혀로 만들어지는 것이지만, 그 말은 입에서 나오는 것이 아니라 마음에서 나온다. 하지만 우리의 입은 마음을 제대로 들여다보고 번역하여 귀에 쏙쏙 박히게 잘 전달하지 못한다. 그렇기에 초심은 입말이 아니라 이 마음의 말, 진리의 말, 진실의 말인 '심말'을 들어야 한다.

이쯤에서 '나무의 본질은 무엇인가?'라는 물음이 올라온다. '나무'='남무', 나도 없고 남도 없다. 나도 없고, 남도 없는 것이 무엇일까? 세상에 나도 있고, 남도 있는 것은 너무 흔하다.

나무는 나도 없고 남도 없어서 늘 고요하고 맑다. 그 정하고 결한 것이 나무다. 고요가 나무의 본질이다. 아무리 왁자한 세상이라도 하늘을 바라보면 일시에 모든 것들이 소거된다. 나무가 하늘을 보고 사는 까닭이다. 우주의 본질이 나무와 다르지 않다. 숲의 나무들처럼 밤하늘의 별들은 무수히

많지만 어느 하나 시끄러운 것이 없다. 고요가 나무의 초심이다. 고요해야 멀리 간다. 옻나무의 검은 칠이나 황칠나무의 황금빛처럼 고요해야 빛나며 천년만년을 간다.

우리는 지금 과연 얼마만큼 왔는가? 우리가 너무 일찍 자족하여 이런 질문조차 해보지도 못한 채 눈에 보이지도 않는 코로나라는 바이러스에 의하여 발목이 붙잡혀 있는지도 모른다. 서로 만나고 어울려 소통과 조화를 이루며 사는 것이 인간의 자연스런 사회적 현상이며 인류 보편적인 모습이지만, 우리는 그동안 진실이 없는 수많은 입말로 너무 시끄러웠던 것은 아니었을까? 우리는 앞으로 한참을 더 멀리 가야한다. 우리가 멀리 갈수록 우리의 세계는 확장되며 편협함을 벗는다. 이 순간에도 나무들은 초심으로 사막에도 뿌리를 내리며 좁아지는 대지를 확장시키고 있다.

밤송이 하나가 어느 결엔가 알밤을 물고 굴러와 물끄러미 나를 쳐다보고 있다. 내 생각이 길었다며 핀잔을 주는 얼굴이다. 벤치에서 일어나 걸음을 옮긴다. 백송, 두충나무를 지나 커다란 버드나무 아래를 지난다. 이성계의 둘째 부인 강씨는 저 버들잎 한 줌을 바가지의 샘물에 띄워 이성계에게 줌으로써 개경의 권세가 집안의 딸과 결혼을 하게 되었다는 일화가 전해지고 있다. 길은 팥배나무 숲으로 깊어진다. 팥배나무 말고도 굴참나무, 느릅나무, 싸리나무, 상수리나무, 산초나무 등이 분포하고 있다. 아기자기한 계단을 오르자 솔숲 건너로 걸작 인수봉과 유려한 북한산이 보인다. 여기서 보면, 정릉은 북한산의 남동쪽 끝자락에 위치하고 있음을 알수 있다. 그러한 사실은 태종이 즉위하고, 정릉은 도성 밖 먼 한데로 버려지듯 옮겨지게 되었다는 것을 인지하는 것과 맥락을 같이 한다. 오죽하면, 능의 석물들을 광통교 다리에 깔아버렸을까. 앞날을 읽지 못한 신덕왕후의 매몰된 자식 사랑과 권력에의 욕망은 끝내 자신의 자식들을 모두 잃는 비극으로 끝나고 말았다.

내게 가려운 곳이 있으면, 남도 가려운 곳이 있다. 내가 아픈 곳이 있으면, 남도 아픈 곳이 있다는 지극히 평범한 사실을 우리는 종종 잊고 산다.

팥배나무 군락지를 지난다. 팥배나무는 장미과의 마가목속 나무로 하얀 꽃이 늦봄에 피는데 그 모습이 배나무 꽃을 닮았고, 열매가 팥 모양이어서 붙여진 이름이다. 잎맥이 일정하여 저울눈이 연상되기도 한다. 팥배나무의 이미지는 꽃보다는 그 열매에 초점이 맞춰져 있다. 잎이 다 진 겨울날에 보면 마치 자잘한 붉은 보석알들이 햇빛에 반짝거리는 모습이 매우 아름답기 때문이다. 맛이 달아서 겨울새들의 먹이가 된다. 팥배나무의 또 다른 덕은 고갯마루는 물론 계곡과 비탈 등 우리 산야 어디에서나 쉽게 만날 수 있는 것처럼 성질이 괴팍하거나 까탈스럽지 않다는 점이다. 길은 등성이를 지나 내리막길로 이어진다. 물오리나무, 모감주나무를 만나고, 잠시 열매 조롱조롱한 때죽나무의 멋에 붙들리다 수령 380년이 지난 느티나무 보호수 앞에 도착한다. 장중하고 아름답다.

능묘 앞 넓은 참나무 숲 벤치에 앉는다. 홍살문 앞의 미인송은 누구의 모습일까? 씻기고 씻긴 시간의 강물 속에서 이제 더는 아무도 미움도 원망도 없다. 나무들은 다만, 마음을 경영하는 일을 게을리하지 않고 고운 색으로 산하의 상처를 여문 빛으로 장엄하게 여밀 뿐이다. 🌿

갈급한 목마름에
한 바가지 물에 버들잎을 띄워
발그레한 얼굴의 홍조를 숨기지 못하고
건네주었던 여인

사랑과 권력
누릴 것은 다 누렸으나
수를 누리지 못하고
일찍 눈물의 강을 건넜다

피안은 극락이 아니었다
분노의 무덤은 사을한리로 팽개쳐지고
왕비에서 서모로 강등되어
석물은 광통교에 깔려 밟고 다녔다

다시 종묘에 배향되는 날
정릉에는 많은 비가 쏟아졌다
이백칠십 년 동안 쌓인
한을 씻는 세원지우(洗寃之雨)였다

정릉(貞陵)에 가면,
도토리도 깎지를 벗고
지나가던 구름도 잠자리도
잠시 고개 숙였다 간다

「신덕왕후 강씨」

도서관

내가 만난 책들을 어떻게 하나만 콕 집어 말할 수 있으랴. 나를 만든 책들을 또 어떻게 다 말할 수 있으랴. 그래도 딱 한 권을 뽑으라면, 내 인생의 책 한 권을 들라면, 여전히 나는 선뜻 말하기 어렵겠지만 『단테의 신곡』, 아니 『니체』, 아니 『카라마조프 가의 형제들』, 아니 『그리스 로마 신화』, 아니 『빵장수 야곱』, 『나무를 심은 사람』, 아니 『월든』… 나는 여전히 주춤거리며 확답을 하지 못한다. 그 책들은 별이었고, 바다였고, 산맥이었고, 눈물이었고, 고통이었고, 희열이었고 꿈이었다.

도서관은 발견의 장소다. 새로운 인류는 외계에 있는 것도 아니며, 아직 발견되지 않은 신대륙도 지구 바깥에 있는 것이 아니다. 모두 지구상에 존재하고 있고, 그 모두 도서관에 있다.

우리가 사는 이 세상에 도서관이 없다면 사과나무가 없는 지구와도 같다. 그렇다면 더 이상 희망은 발견되지 않으며 새로운 미래의 인류도 신대륙도 더는 존재하지 않게 된다. 도서관에는 지구보다 더 큰 세계가 있다. 수많은 장서들은 그 세계의 비밀을 감추고 꼭꼭 비장되어 있다. 누가 찾아내느냐에 따라 보물은 드러나고 새로운 우주는 발견된다.

도서관은 아무리 작아도 크다. 생각이 크고, 사고가 크고, 모든 것들이 크다. 도서관에는 모든 것이 다 있다. 위대한 인류의 사상과 나침판이 되어주는 철학과 끝을 모르고 대륙의 지평과 드높은 산맥을 뻗어가게 하는 문학과 아름다운 세계의 명소들 또한 모두 도서관에 있다. 도서관에 가지 않고는 우리가 이룰 수 있는 것은 매우 적다. 밥을 먹듯이 날마다 읽어야 하는 것이 책이다. 개근을 하듯이 학교에 가듯 가야 하는 도서관이다. 도서관이 멀어지면 우리의 희망도 멀어지고, 손에서 책을 놓으면 등불 없이 밤길을 가는 것과 같다.

책이 있는 곳은 모두 도서관이다. 책은 소장하는 것이 아니라 읽는 것이다. 서가의 책은 보여주기 위함이 아니라 우리의 마음과 정신을 보관하며 자주 들여다보는 곳이다. 초등학교 때 최초로 배운 가장 인상적인 말로 나를 책의 세계로 이끈 말은 학교 도서관 입구 높은 곳에 걸려 있던 '꿀벌이 꽃을 대하듯 우리도 책을 대하자'라는 글귀였다. 위인과 동식물, 자연과 역사, 고전에 나름 심취하며 어린 시절을 보낸 것은 커다란 행운과 행복이었다.

각 지역마다 도서관이 없는 자치구는 없다. 성북구 정릉동에도 정릉도서관, 청수도서관 등이 있다. 바쁜 현대인들이 도서관에 다니며 책을 읽는 것은 쉬운 일은 아니다. 꼭 도서관이 아니어도 책 한 권 들고 다니며 읽으면 된다. 책은 혼자서 읽지만 그 읽은 내용들은 자신만의 것이 아니다. 누군가와 함께 공유하게 되고, 공유함으로써 서로는 정서적으로나 환경적으로 서로 닮아가며 친근한 사이가 된다. 책을 읽으면, 독후감을 쓰는 것도 자기 발전에 도움이 된다. 더 좋은 것은 독서동아리를 만들어서 함께 읽고 토론하며 생각과 느낌을 나누어보는 것이다. 때로 내가 발견하지 못한 의미는 조금 더 우리의 삶을 단단히 여미게 해주는 힘이 되고, 안목을 높여준다. 한 가지 더 중요한 것은 책을 읽고 나면 그 책과 관련한 파생 문화 활동으로 우리들의 삶이 인문학적으로 더 깊어지고 넓어진다는 사실이다.

조선시대에는 책을 전문으로 읽어주는 책비(册婢)가 있었다. 양반집 마님들에게 책을 읽어주는 여성으로 입담의 정도에 따라 돈을 받았다. 오늘날에도 책비가 전혀 없는 것은 아니다. 전자책을 아름다운 목소리로 빠르게 읽어주는 인공지능 기계들의 출현은 다름 아닌 21세기 현대판의 책비다. 여하간 책은 설렘이다. 지금껏 한 번도 만나지 못한 문장을 만날 수 있으리라는 기대감에 책은 나를 끝까지 놓아주지 않는다. 책에 잡히는 것은 다른 일체의 감정이나 걱정과 불안으로부터 나를 해방시켜 주는 일이기도 하다.

우리는 모두 책에게 빚을 졌다. 그 빚은 책을 읽음으로써 오래된 빚이 탕감된다. 책이 없다면 나도 없고 사람도 없고 세계 또한 없다.

스틱은 짚어도 넘어질 때가 있지만, 손에 책을 든 사람은 넘어지지 않는다.

책이 사람이다
사람 속에 사람의 길이 있다
모든 길들은 책속에 있고
책속에 사람이 있다

책이 세계다
세계 속에 희망과 미래가 있고
책과 책속에 아직 발견되지 않은
희망봉과 신대륙이 있다

책이 열쇠다
잃어버린 열쇠도 책속에 있고
책속에 보물 상자를 여는
열쇠가 있다

책이 별이다
방향을 잃고 조난을 당하여
위험에 처했을 때 알려주는
북극성이 책속에 있다

「책」

명원민속관

　차는 분장을 모른다. 애써 꾸미거나 치장하지 않는다. 가인의 자태와 같이 표묘한 신운이 은연히 드러나며 아름다운 바탕에 차를 대하는 사람을 맑게 좌정시킨다. 그러한 차는 첫째가 향이요 둘째는 색이고 셋째가 미며 넷째가 소리다. 향기는 은은하고 청아해야 하며 대숲에서 이는 바람처럼 맑아야 하고, 색은 너무 짙거나 흐리지 않아서 봄날의 산색처럼 고아해야 하며, 맛은 부드럽고 자극적이지 않아서 석간수처럼 깊어야 한다. 소리는, 봄비 소리, 구름 소리, 물소리, 바람 소리, 햇빛 소리 등의 오음이 있다. 차는 떠오르는 고요한 달이고, 겨울날 마당에 쌓이는 흰 눈과 같은 투명한 소리이고, 여름철 운무를 벗어난 산수처럼 맑게 갠 개운함이다. 또한 아름답되 요염하지 않은 미인이고, 소박하되 안팎이 넉넉한

필부로서 군더더기가 없다.

  국민대학교 후문 쪽 북한산을 배경으로 팔작지붕의 아름다운 고택이 한 채 있다. 서울시 민속자료 제7호로 구한말 참정대신을 지낸 한규설 대감의 가옥이다. 본래는 중구 장교동에 있었는데 1980년 도시개발로 멸실 위기에 처해있던 것을 현재의 위치로 옮겨와 복원한 것이다. 솟을대문을 통해 안으로 들어서면 첫눈에 사대부가의 중후한 품격이 느껴지고, 오래된 고택의 단아한 정취가 물씬하게 다가온다.

  명원(茗園)이라는 민속관의 이름에서 알 수 있듯이 우리의 전통 차 문화와 학생들의 생활 교육의 장으로 활용되고 있는 곳이다. 그렇다면, 차의 본성에 대하여 다시 생각을 해보지 않을 수가 없다. 우선 차는 맑음이다. 이 맑음을 위해 잠시 철학적 풀이를 빌리면, 일체 존재 만유의 본질인 근본 성품을 자성이라 한다. 차는 이 자성청정심이다. 그 청정심을 밝히는 것이 차며, 그 마음을 보고 듣고 마시는 것이 다도 속의 다례다. 기타 차와 관련해서는 초의선사의 『동다송』을 참고하면 된다. 차를 마시는 데 꼬박꼬박 예와 도를 따지는 것도 분별심이다. 우리 범부의 입장에서는 그리 권하고 싶지는 않다. 모든 것은 결국 마음을 위한 것이다.

차를 마시는 마음은 무엇일까. 잠시라도 연꽃이 되는 마음이다. 명상이며 선이다. 명상도 선도 결국은 무해 무덕한 우리의 마음인 '물'을 위함이다. 말할 것도 없이 물은 검박함이며, 온화함이며, 고요함이다. 중용으로서 양쪽을 모두 취하고 한쪽으로 치우치지 않는 마음이다. 기울면 쏟아지기 마련이다. 평상심이라는 것도 수평의 평상처럼 바다의 수평과 같이 기울기가 없는 마음이다. 바다는 한쪽으로 기울지 않아서 만유에 공평하고, 찻잔 속의 차는 찻잔이 기울어도 차는 기울지 않고 수평을 유지해서 차를 마시는 우리의 마음이 평상심을 유지한다. 무엇이든지 쌓아두지 않고 흘려보내는 마음이 평상심이며, 그것이 자성을 청정하게 유지시켜 준다. 그를 위해 찻잎을 따고, 덖고 비비고 말리는 일을 반복하며 차를 만드는 것이다. 마음을 위한 것은 모두 수행이니 그런 일련의 모든 과정이 수행이 아닐 수 없다. 우리의 모든 일상이 그렇듯이.

차 한 잔의 귀착점은 결국 평화다. 다선일미(茶禪一味)까지는 몰라도 차 한 잔에는 땅과 하늘, 물과 불과 바람과 햇빛이 들어 있다. 그것들을 느낄 때 우리는 무위자연의 세계로 편안하게 이입될 수 있을 것이다. 하지만 너무 그런 것들에 얽매

이는 것은 차의 본성과는 거리가 멀다. 차를 커피믹스와 같은 인스턴트 식품류와 같은 성질의 것으로 취급할 수는 없어도, 우리 옛 선비들처럼 맑은 향을 사르면서 차를 마시는 것도 매화를 감상하는 일 못지않게 격조가 있는 멋스러운 삶이다. 우리가 차를 마시는 것은 배고파서도 아니며, 배부르기 위함은 더욱 아니다. 차는 기본적인 인간의 욕구를 벗어나 무엇인가 한 차원 높은 세계에 대한 은근한 갈망이며, 우리의 마음을 차분히 빗질하고, 정신을 맑게 하고자 함이다. 그것은 마치 푸른 솔밭 사이를 걷는 것과 같다. 솔향기가 은은하게 풍겨오는 고요한 숲길에서 누가 뛰는가. 가만가만 걸을 뿐 아무도 뛰지 않는다. 차는 최대한 속도를 줄이고, 말을 줄이고, 생각을 줄이고, 마음을 줄여서 복잡한 우리의 내면을 최대한 깨끗이 치워서 나를 간결하게 하는 일이다. 아침에 자고 일어나 이불을 보기 좋게 개어놓은 고택 선비의 방처럼 흐트러짐이 없는 단아한 마음이 차를 통해 얻어진다.

본래 고택의 주인이었던 한규설은 1905년 을사늑약에 반대하여 파직이 되었다. 일제의 회유를 거절하고 재산을 교육 사업에 기부하고 국권회복을 꾀했던 분이었지만 스스로를 죄인이라 자처하며 칩거하다 안타깝게도 1930년 세상을 떠났다. 잠깐 살펴본 대감의 성정은 차의 많은 부분과 상통하고 있다. 그런 분이었기에 고택은 멸실되지 않고 다시 이축되어 지금까지 그 정신이 우리에게 전해지고 있다.

고택은 솟을대문을 지나면서 행랑채, 사랑채, 안채, 사당, 연못, 정자, 초당 등으로 구성되어 있다. 전체적으로 'ㄱ'자 형태로 각각 분할되어 마당과 함께 생활공간이 나뉘어져 있다.
연못이 있는 정자와 초당은 차를 음미하며 관조와 사색의 공간이 되도록 배려한 마음이 보인다. 그것은 매화가 피는 봄날과 배롱나무 꽃피는 여름은 물론 세상이 곱게 물드는 가을과 눈 내리는 겨울에도 차를 마시기 위해서는 자연을 불러들여야 한다는 것을 말해주고 있다.

차 앞에서 우리는 모두 귀하고, 자성이 청정한 사람이다. 모든 흔들림이 멈춰지고, 창포와 노랑어리연이 피는 잔잔한 마음이 된다.

찻잔 속에는 결코 태풍이 없다.

따뜻해야 합니다
차가웠던 몸이 온기를 회복하며
이내 따뜻해집니다

내가 따뜻해지면 당신도 따뜻해집니다
당신이 따뜻해짐으로써
세상이 따뜻해지고 아름다워집니다

따뜻한 것들은 혼자 있지 않습니다
아름다운 미소로
홀로인 것들을 불러들입니다

잠깐이면 됩니다
잠시 숨을 고른 연못이
모든 흔들림을 멈추고 꽃이 핍니다

「차 한 잔」

아리랑고개

사람에서 사람으로, 땅에서 땅으로 끝없이 이어지는 아리랑, 아리랑은 우리 민족 정한의 유장한 강물이다. 태백산맥에서 발원하여 최상류부터 굽이굽이 이 땅의 슬픔을 천리만리에 돌고 휘돌아 여울과 소를 이루며, 다시 절벽을 세우고 된꼬까리에서 마침내 절창으로 터지며 한반도를 관통하고는 마침내 바다로 간다.

아리랑은 슬픔과 눈물, 시련과 좌절, 고통과 극복의 노래로 우리 땅 곳곳이 아리랑고개다.

노래가 아니면 넘을 수가 없는 아리랑고개, 정릉에 그 고개가 있다. 성북구 돈암동에서 정릉동으로 넘어가는 고개로 과거에는 '정릉고개'라고 하였다. 일제 강점기였던 1926년

나운규가 이 정릉고개에서 영화 「아리랑」을 촬영한 후부터 아리랑고개로 불리기 시작하였고, 1935년경 한 시기를 풍미했던 고급 요정 청수장이 정릉에 들어섰었다. 청수장에 드나들던 사람들을 위해 고갯마루에 세워진 '아리랑고개'라는 푯말로 인해 더 널리 알려지면서 아리랑고개로 자리 잡게되었다. 현재는 고개이자 서울 시내 유일한 가로명이기도하다. 참고로 영화 「아리랑」은 단성사에서 개봉이 되었고, 36세로 짧은 삶을 살다 간 나운규의 영결식이 1937년 단성사에서 있었다.

아리랑은 민요이지만 희극이자 영화며 소설이다. 희극보다더 눈물 나는 생생한 우리네 삶이고, 영화보다 더 극적인 실제 현실이며, 소설보다 더 기가 막힌 사람들의 아리고 아린이야기다. 울 수가 없는 울음으로 우리는 죽고, 울음으로써우리는 또 산다. 삼킬 수 없는 눈물로 가슴은 미어터지고, 터져서 눈물이 쏟아져 내리며 통곡의 골짜기는 범람한다. 아리랑고개는 보통 옛사람들이 괴나리봇짐을 메고 넘는 고개였다. 그 속에는 전대, 서책, 붓 같은 것들이 들어 있었다. 베고누우면 베개가 되고, 펴고 덮으면 이불이 되고, 입고 묶으면옷이 되는 봇짐이었다.

아리랑은 끝없이 불러지고 이어지며 변화하고 탄생한다. 아리랑은 똑 부러지게 확실한 역사적 기원도 알려지지 않았고, 그 의미는 넓고 깊고 다층적이어서 한마디 말로는 정의할 수 없다. 아리랑은 민중들 사이에서 자연적으로 생겨난 민요인 만큼 민중들의 삶이 고달프고 힘겨운 시대에 가슴에 생기는 응어리를 풀기 위해 입과 입에서 생겨나 입에서 입으로 전해지며 오늘날에 이르렀을 것이다.

우리나라 3대 아리랑인 '정선아리랑', '밀양아리랑', '진도아리랑'을 보면 나름 아리랑이 발생하는 원인과 의미가 깊어진다. 먼저 정선아리랑을 보자. "아리랑 아리랑 아라리요 아리랑 고개고개로 나를 넘겨주게"에서 고개는 하나가 아니라 '고개고개' 중첩되며 반복된다. 그것은 나 혼자 넘기에는 너무 가파른 된비알이라 엄두가 나지 않을 만큼 힘든 고개다. 함께 넘지 않으면 도저히 넘을 수 없는 눈물고개다. "눈이 오려나 비가 오려나 억수장마 지려나 만수산 검은 구름이 막 모여든다"에서 보는 것처럼 고개는 먹구름이 밀려올 때마다 지리적 위치를 떠나 우리의 마음속에 불쑥불쑥 나타나며 인생길을 가로막는다. 어디에도 길이 없어 보이는 험난한 인생, 고된 세상의 시집살이 집어던지고 "정선읍내

일백오십 호 몽땅 잠들여 놓고서 이모장네 맏며느리 데리고 성마령을 넘자"고 한다. 성마령(星摩嶺)은 정선 용탄리의 행마동과 평창군 미탄면 평안리 사이에 있는 해발 973m의 고개다. 얼마나 고개가 높으면 별을 만질 수 있다고 하였을까. 강원도는 지형적 특성으로 가장 많은 고개가 분포하고 있으며, 그만큼 민초들의 삶의 애환이 여느 지역보다 더 컸던 곳이다. 그것은 밀양아리랑의 경북지역도 마찬가지다. 정선아리랑은 들으면 들을수록 처연하고 구슬프고 서럽고 아프다.

밀양아리랑을 보자. "아리아리랑 쓰리쓰리랑 아라리가 났네 아리랑고개를 넘어간다" '나다'는 품사적으로 동사이며, 명사나 어근 뒤에 붙어 형용사를 만드는 말이기도 하다. 아라리가 났다는 것에서 아라리의 뜻을 유추해볼 수 있고, 그 뜻을 통해서 아리랑의 사전적 의미를 밝히는 단서가 될 수도 있다. "날 좀 보소 날 좀 보소 날 좀 보소 동지섣달 꽃 본 듯이 날 좀 보소 아리아리랑 쓰리쓰리랑 아라리가 났네"에서 감지되듯 아라리는 '춤을 추듯이 기뻐하며 아주 즐거워하는 신명'으로 읽힌다. 또한 "밀양의 영남루 찾아가니 아랑의 정절이 새롭구나"라고 한다. 여기서의 아랑(阿娘)은 밀양부사의 딸로서 「아랑전설」(傳說)에 나오는 등장인물이다, 아랑은 아리랑과 관계된 한이 내포된 말로 아리랑이라는 어원을 짐작해볼 수 있지만 그 개연성이 떨어진다.

세 번째로는 진도아리랑이다. 받는 소리 "아리아리랑 쓰리쓰리랑 아라리가 났네. 아리랑 응응응 아라리가 났네"라는 후렴구와 메기는 소리가 있는 것이 특징이다. "문경새재는 웬 고갠가 구부야 구부구부 눈물이로구나"에서 고개는 눈물이다. "노다 가세 노다나 가세 저 달이 떴다 지도록 노다나 가세"라며 서두르지 말고 이왕이면 한바탕 속 시원하게 놀다 가자고 한다. 그냥 가기에는 원통해서 한이 풀릴 까닭이 없다. 응어리져 맺힌 해한(解恨)에 대한 원풀이의 바람은 해학으로 이어지며 노래는 점점 슬픔을 누그러뜨리며 참고 또 참으며 망연했던 마음을 일상으로 다시 회귀시켜 놓는다.

아리랑은 가장 높은 고개다. 그 삶의 고개는 눈물고개다. 뼈에 사무치는 이 통한의 눈물고개에서 공통적으로 '아라리'가 나온다. 신라 박혁거세의 아내 '알영'에서 아리랑의 연원을 연결시켜보기도 하지만 확실한 것은 아무것도 없다. 아리랑은 아라리에서 나왔고, 아라리는 아리랑에서 나왔다는 가설을 상정해 본다면 그것은 어느 정도 신빙성이 있다. 분명한 것은 아리랑은 우리 한민족과 함께 하며 어디서나 하나로 묶어주고 동질성을 확인시켜 주는 가장 유구한 우리의 가락이다.

아리랑 속에는 우리 민족의 DNA가 면면히 흐르고 있다.

굽이굽이 산굽이 아리랑 아리랑 서러운 흰 꽃이 피는 아리랑고개
봄여름 갈 겨울 비가 오나 눈이 오나 오빠랑 학교 가던 정릉고개
울 할머니 너울너울 꽃상여 타고 고개고개 북망산 가던 눈물고개
아리랑 아리랑 구를 듯 구를 듯 둥싯둥싯 쟁반 달이 뜨는 달고개
아버지 아버지 울 아버지 지게 지고 휘청휘청 넘으시던 보릿고개
어머니 어머니 울 어머니 보따리 이고 넘어오시던 저 꼬부랑고개
청수장 맑은 물 안다미로 넘치면 청춘이 넘치고 꽃피던 연애고개
아리랑 아리랑 떠나는 님 눈바래기하다 똑똑 눈물 도는 이별고개
한도 설움도 이 내 몸뚱어리에 짊어지고 터벅터벅 넘던 인생고개
연필에 침 묻히며 공부하던 밤 솔수펑이 부엉이 울던 부엉이고개
살사리꽃 흔들흔들 춤추면 외주물집 우리 집 손님 오던 바람고개
아리랑 아리랑 아리랑고개 고개고개 별똥별이 떨어지는 소원고개

「정릉아리랑」

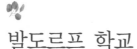

발도르프 학교

꽃과 나무들은 우열이 없어. 모두 다 다르지만 일등과 꼴찌가 없어. 꽃들의 희망과 나무들의 꿈은 거기서부터 시작되었어.

'행복은 성적순이 아니잖아요' 그래 나도 인정하고 싶어. 어쩌다 보니 세상이 그렇게 됐어.

나도 기성세대의 한 사람으로서 무거운 책임감을 느끼고, 미안한 마음이 많이 들어. 나도 생각을 해보면 시험을 보면서 학교를 다녔고, 시험과 시험을 거쳐 여기까지 왔어. 할 수만 있다면 먼저 학교에서 시험을 없애고 싶어. 시험은 늘 우리를 1등부터 꼴찌까지 줄 세우고 스트레스를 주지.

철마다 피는 꽃들과 나무들이 어떤 것들이 있는지 알아볼래. 민들레, 꽃다지, 애기똥풀, 얼레지, 솜다리, 산자고, 홀아비꽃대, 족두리풀, 산괴불주머니, 현호색, 개별꽃, 복수초, 처녀치마, 노루귀, 제비꽃, 바람꽃, 할미꽃, 매발톱꽃, 금낭화, 자운영, 토끼풀, 앵초, 구슬붕이, 꿀풀, 벌깨덩굴, 동의나물, 피나물, 미나리아재비, 돌나물, 분꽃, 채송화, 양지꽃, 기린초, 머위, 고들빼기, 씀바귀, 복주머니란, 돌단풍, 바위취…… 동자꽃, 고마리, 며느리밑씻개, 연꽃, 백선, 진범, 투구꽃, 노루오줌, 산오이풀, 이질풀, 물봉선, 참당귀, 용담, 나팔꽃, 메꽃, 배초향, 익모초, 박하, 꽃향유, 송이풀, 금강초롱, 잔대, 모싯대, 도라지, 쑥부쟁이, 엉겅퀴, 달개비, 물옥잠, 여로, 산부추, 나리, 꽃창포, 돌양지꽃, 뱀무, 짚신나물, 수박풀, 물레나물, 곰취, 상사화, 원추리, 산국, 꿩의다리, 까치수영, 어수리, 노루발, 망초, 더덕, 천남성, 풍선초…… 매화, 명자꽃, 앵두, 복사, 모란, 개나리, 진달래, 조팝, 이팝, 목련, 박태기, 장미, 굴거리, 단풍, 후박, 벚나무, 감나무, 살구나무, 박달나무, 닥나무, 함박꽃나무, 노각나무, 마가목나무, 산사나무, 돌배나무, 사스레피나무, 자작나무, 보리수, 산딸나무, 때죽나무, 동백, 쪽동백, 쥐똥나무, 덜꿩나무, 미선나무, 가래나무, 주목, 구상나무, 전나무, 참나무, 소나무, 서어나무, 단풍나무, 편백나무, 측백나무, 향나무 등은 물론 수국, 병조희풀, 자귀나무, 싸리나무, 무궁화, 배롱나무, 협죽도, 작살나무, 능소화, 참식나무, 산초나무, 참죽나무, 모감주나무, 송악, 장구밥나무, 구골나무, 치자나무, 은목서, 금목서 등 꽃과 나무들은 정말로 많지.

이 많은 것들을 알아야 한다고 생각하면 벌써부터 머리가 무겁지. 다 외워서 시험을 본다고 하면 싫증과 짜증이 나고, 무기력해질 거야. 하지만 화단의 꽃들을 보고, 밖에 나가 바람을 쐬면서 나무들을 보면 꼭 그렇지도 않아. 아니 더 좋은 것은 다만 적은 수라도 손수 꽃을 심고 나무를 심고 물을 주는 일이지. 흙을 만지고 꽃들을 가꾸다 보면 이름도 자연스럽게 시간이 지나면서 알게 되고, 마음은 훨씬 더 부드러워지고 따뜻해지거든, 부드럽고 따뜻해져야 내안에 기쁨이 찾아오고, 나도 모르게 미소를 짓게 되지. 그럴 때는 분명 행복은 성적순이 아니야. 내가 기쁜 일을 하는 것, 내가 좋은 일을 하는 것, 내가 진정 하고 싶은 일을 할 때 행복은 찾아오고, 미소가 돌아와. 행복은 미소 순서야.

우리가 미소를 잃지 않는다면, 시험도 조금은 가벼워지고

치를 만하다는 생각이 들기도 해. 어떻게 보면, 우리가 학교를 졸업하고도 우리의 삶은 시험의 연속인 셈이야. 여전히 경쟁으로 내모는 우리 사회는 성적을 매기는 시험을 이따금씩 치러야 할 때도 있지만, 그보다는 우리가 우리를 위해서 스스로 치르는 시험이 더 중요하다는 것을 어른이 되면서 알게 되지.

물론 그것은 말할 것도 없이 우리의 행복을 위한 일이지. 절제와 검소, 사랑과 연민, 봉사와 헌신 등은 우리를 이기심으로부터 탈출시켜 주고, 우리의 삶을 더 깊이 있게 다져주거든. 물론 선택은 모두 나 자신의 것이야. 따지는 삶보다는 생각하는 삶이, 자꾸 울타리를 치는 생각보다는 울타리를 치우는 행동이, 나 하나만을 위하는 행동보다는 모두를 위하는 행동이 아름다운 일이지. 아름다운 것들은 고요한 것들과 함께 오래 멀리 가거든.

이상하게 들릴지 모르겠지만, 학교 공부는 소홀히 해도 책을 읽는 일을 소홀히 하면 안 되지. 아이들과 즐겁게 어울려 놀 줄도 알아야 하고, 꽃과 나무와 눈을 마주치고, 햇빛과 바람을 느끼며 가끔 하늘을 보는 것도 잊으면 안 되지. 내가 이해할 수 없는 것들을 알게 되고, 생각을 할 줄 아는 사람이 되지. 그래야만 친구가 생겨. 자연과 책들은 먼저 친구가 되는 법을 나에게 알려주거든.

　네가 발도르프(Waldorf) 학교에 온 것은 잘한 일이야. 학교는 정말 시험만 없다면 천국이잖아. 학교는 뭐든 배울 수 있는 곳이지. 외톨이가 친구를 배우고, 베짱이가 개미를 배우고, 슬픔이 기쁨을 배우고, 실망이 희망을 배우는 곳이잖아. 여기서는 화도 웃음도 모두 남녀공학이고, 이 과목 저 과목 교과서 잔뜩 넣은 무거운 책가방을 들고 다니지 않아도 돼. 그렇다고 수업이 아주 없는 것은 아니야. 내가 하고 싶은 주제를 정해서 하면 돼. 촛불을 켜고, 시를 낭송하고, 노래를 연주하는 것이 모두 수업이야. 여기서는 더 이상 성적이 나오는 성적표는 없어. 외국어를 배우고, 너희들 스스로 자치적인 학교를 만들고 운영하면 돼. 우리 학교의 가장 큰 특징은 오이리트미(Eurythmy)야. 그리스어로 '조화로운'이라는 뜻의 'eu'와 '리듬'을 의미하는 'rhythm'이 결합된 말이지. 우리의 정신과 영혼과 육체가 조화를 이루도록 하는 것이야. 너무 어렵게 생각하지 마. 조화란 우리를 모두 편안하게 움직일 수 있게 만드는 거야. 맘에 들지 모르겠지만 단색의 오이리트미 의상과 실내화를 착용하고 연주에 따라 몸을 움직이는 거야. 저학년들은 간단한 동작이고, 고학년에서는 시나 드라마 등으로 구성되어 있어. 너도 알다시피 여기는 근엄한 교장 선생님도 없잖아. 편안함이 필수거든.

조금 더 조화로운 삶이 무언지 알고 싶다면, 미국의 작가이자 시민운동가였던 '헬렌 니어링'의 『조화로운 삶』을 읽어봐. 내가 아주 좋아하는 사람으로 헬렌은 내가 애독하는 철학자 '크리슈나무르티'와 교제하기도 한 인물이지. 그녀는 신념에 찬 사회 운동가였던 스콧 니어링을 만나 1932년 뉴욕을 떠나 버몬트의 낡은 시골 농가로 이주하여 직접 농작물을 기르고 돌집을 짓고 생활을 했지. 두 사람은 '먹고사는 데 필요한 것들을 최대한 자급자족한다'라는 원칙을 세우고, 조화로운 삶을 실천하며 살았어. 우리가 돈만 모으려고 골몰해 있을 때 그들은 물질적 이윤을 추구하지 않고, 가치 있는 삶의 이윤 즉 진정한 인간의 행복을 위해 살았어.

알고 보면, 우리 발도르프 학교는 역사가 깊어. 1919년 독일 슈투트가르트의 발도르프 아스토리아 담배공장 노동자 자녀를 위해 학교를 설립했고, 초중고 구분 없는 12년제 종합 학교야. 그분이 누구냐고? 처음은 가정교사였는데, 가르치는 아이 중 뇌수종을 앓는 10살 어린이를 건강하게 만들어

독일의 국립 중등학교인 김나지움(gymnasium)에 들어가게 하였고, 그 이후 의학박사가 되게 해준 사람이야. 또한 그는 베를린에 있는 노동자학교의 교사로 있었어.

사람은 무엇보다 자유로워야 하고 스스로 선택할 수 있어야 해. 자유는 무한해. 그 자유 속에서 너는 방향을 찾아내고, 네 길을 가는 아주 아름다운 사람, 조화로운 사람이 될 거야. 음악과 미술이 너를 부드럽고 섬세한 사람으로 만들어줄 거야. 이제 너는 너를 너답게 만드는 거야. 우리와 함께 하면 너 스스로 너를 만들 수 있어. 너는 맘만 먹으면 아주 멋진 네가 될 수 있어. 힘을 내. 용기를 가져.

잊지 마, 어떤 것들이 노크 하듯이 너의 가슴을 두드릴 때는 너를 필요로 하는 뭔가가 너를 찾아온 것이라는 걸. 덮어놓고 마음을 닫으려 하지 말고 열어야 된다는 것을. 상대방의 요구가 맘에 들지 않는다고 무턱대고 닫으면 안 된다는 걸 기억해. 너는 너도 모르는 저 거대한 가능성과 연결되어 있어. 우리 학교는 즐거운 놀이터야. 마음껏 놀아 봐.

내 애길 들어줘서 고마워!

하나가 하나를 배워 둘이 된다
하나가 하나를 배워 전체가 된다

하나가 빠지면 둘은 제로가 된다
하나가 빠지면 전체는 존재하지 않는다

슬픔이 기쁨을 배워 친구가 되고
절망이 희망을 배워 오늘이 미래가 된다

눈물이 꽃을 배워 웃음이 생기고
상처가 약을 배워 덧나지 않는다

가면 된다, 무조건 학교에 가면 된다
학교는 기다린다, 오늘도 너를 기다린다

「학교」

대안교육기관

서울 정릉 발도르프

정릉천

흐른다. 이 정릉천의 물은 물론 사람도 흐르고, 사물들도 흐른다. 만물들이 시간 속에 있으며, 흐름만이 생명이다.

정릉동의 중심축은 정릉천이다. 정릉천을 가운데 두고 사람들이 모여 살며, 현대인들이 잃어버린 여유와 쉼을 회복하고 살아간다. 정릉천(貞陵川)은 서울특별시 성북구 정릉동 북한산 남쪽 보현봉과 칼바위능선 사이에서 발원한다. 정릉천을 따라 올라가면 정릉계곡으로 이어지고, 길은 다시 대성문과 보국문 방향으로 나뉜다. 영취사 쪽에서도 '영취천' 샘물이 솟고, 보국문 쪽에서는 '영천'이라는 샘에서 청수가 솟는데, 이 두 샘의 물이 흘러내려와 합류한다. 정릉천은 하류 방향으로 월곡천과 만나고, 남쪽으로 흘러 청계천과 합류하고,

다시 중랑천을 만나 한강과 만난다. 개울장이 열리는 곳까지는 자연 하천이고, 종암사거리까지는 복개되어 정릉로로 이용되고 있다. 그 이후로는 내부순환로가 하천 위로 뻗어 있어 현재 수변공간으로 활용하고 있는 곳은 정릉동을 통과하는 부분이다.

정릉천은 누구나 쉽게 아무 때나 편리하게 걸을 수 있다. 물은 풍부하여 사철 끊이지 않고 흐른다. 깃대종으로 자리잡은 버들치가 많이 살고 있으며, 청둥오리, 백로, 왜가리 등이 자주 목격된다. 그중 일부는 텃새로 정착하여 살아가고 있다. 다양한 생물 종이 서식할수록 그만큼 자연친화적인 환경이 되어 우리도 더 많은 혜택을 누리며 함께 살아갈 수가 있다. 무엇보다도 정릉천을 걷다보면, 다양한 문화의 향기를 만날 수가 있다.

수년 전에 성북구립미술관에서는 기획전시 '정릉시대展'을 개최한 적이 있었다. 1950년대 이후 정릉에 터를 잡고 살았던 예술가들의 이야기로 척박했던 우리의 근·현대사에서 정릉이 어떻게 르네상스를 실현했는지를 보여주었던 전시였다. 누구는 그 시기를 '정릉르네상스'라 부르기도 한다. 도록에 실린 글을 보면, "박고석, 한묵, 이중섭, 박경리 등의 미술과 문학의 예술적 교류를 알 수 있으며, 박화성, 차범석, 신경림 등의 문인들의 글과 시, 김대현, 금수현의 음악과 화가 최만린, 정영렬의 작품을 감상할 수 있는" 전시였다.

문화와 예술은 발전할수록 한 분야의 장르가 다른 부류의 장르와 깊은 화합을 이루며 지금까지와는 다른 새로운 의미를 만들어내고, 그것이 우리 인간의 내면세계를 고양 확장시키며 우리를 진일보한 세계로 이끈다. 장르는 장르에 의해서 폐쇄되고 축소되는 것이 아니라 열리고 확대되어 새로운 장르의 탄생을 불러오기도 한다. 그러한 결과는 모든 문화와 예술의 기저에는 반드시 인문학이 자리고 잡고 있다는 것은 부정할 수 없는 엄연한 사실이다.

그 예술가들은 왜 정릉에 터를 잡고 살았거나 현재도 살고 있을까? 정릉은 그만큼 시각적, 청각적, 심리적, 정신적 아름다움을 발견할 수 있는 자연의 풍광을 통해 사람들이 문득문득 특별한 세계를 고요하게 발견하는 장소이기 때문이다. 자연과 사람이 정릉만큼 자연스럽게 잘 어우러지는 곳도 드물다. 정릉은 전체가 하나의 커다란 예술가의 집이다. 그렇기에 정릉은 머잖아 다시 예술의 터전으로 새롭게 자리 잡을 그런 곳이다. 정릉은 사람을 몰아대는 속도에서 비껴난 곳이다. 혼잡함과 소란이 없다. 차를 타고 휙 지나가 버리는 곳이 아니라 몸소 걸어가는 곳이다. 봄여름 가을 겨울 사계절 속에서 아침저녁으로 다르게 나타나는 물과 바람과 빛은 사람들의 표정 속에서 나타나고, 자연의 얼굴은 사람들의 얼굴 속에서 나타난다. 그만큼 아름다운 북한산과 함께 합일되는 그윽한 자연은 물론 시간이 깊고 여유로운 곳이다. 그런 곳이 아니면 문인과 화가와 음악가들은 어디에서 자리를 잡고 작품에 몰입할 수 있으랴.

성북구 정릉동에는 뭔가 특별한 것이 있다. 🍃

바람이라도 난 것일까

연분홍 꽃치마 입고

누군가를 만나러 가는

들뜬 시냇물을 보면

엉덩이 들썩거리는 산도

짐짓 점잔 그만 빼고

산을 내려가고 싶다

백로와 왜가리 청둥오리와 버들치

어우러져 사는 시냇물

그 물에 산도 물장구를 치며

아이들과 놀고 싶다

병이라도 나기 전에

한 번 가봐야지

산도 날을 잡고 있다

「정릉천과 북한산」

경국사

이 불안을 떨칠 수만 있다면, 이 걱정을 안 할 수만 있다면, 이 고통을 없앨 수만 있다면, 이 바람을 이룰 수만 있다면……

물은 한 번 두 번 열 번 제 자신을 거듭 접을 줄 안다. 자신을 접어서 낮추고 또 낮춘다. 낮추고 낮추어 걸리는 것이 없으며, 걸리는 것이 없어서 이르지 못하는 곳이 없다. 물은 그렇게 하심 하나로 가장 낮은 곳에 닿아 모든 웅덩이를 채운 후에야 흐른다. 진리의 바다에 이르러 마침내 하늘로 간다. 그것이 절로 가는 마음이다.

정릉천 맑은 물이 에돌아가는 나지막한 동산에 천년고찰 경국사가 있다. 경국사는 1325년(충숙왕 12년) 청암사(靑巖寺)로 개창하였고, 1546년 명종이 12세에 즉위하면서 불교 중흥정책을 폈던 문정왕후가 섭정하게 되면서 왕실의 시주로 중창하고, 나라에 경사스러운 일이 있기를 기원하는 뜻에서 경국사라 개칭하였다.

나랏일에 경사가 생길수록 국민들에게도 좋은 일이다. 절로 가는 마음은 바로 그 좋은 일을 위한 발심일 것이다. 눈이 뻑뻑하면 불편하듯이 마음이 뻑뻑하면 모든 것이 불편하다. 뻑뻑하다는 것은 여유가 없다는 것이다. 마음을 부드럽고 따뜻하게 가질수록 조바심이 나지 않고, 생각이 누르뻑뻑해지지 않으며 시야가 넓어진다. 그런 후에야 평화가 온다. 우리가 고해성사를 하거나 기도를 하는 것은 모두 다 마음의 평화를 얻기 위해서다. 모든 일이 잘 이루어지기를 소망하면서 올리는 기도는 마음을 한결 더 맑고 고요하게 해준다.

극락교를 건너면 일주문이다. 시원시원한 소나무들이 길가에 늘어서 있다. 성북구에서 지정한 아름다운 나무의 하나인 수령 320년이 넘은 훤칠한 소나무도 눈길을 끈다. 바로 옆에 함께 선 소나무 또한 미려하다. 벽송사의 도인송과 미인송 못지않은 수형으로 미관이다. 저런 아름다운 소나무가 이름을 갖는 것도 좋은 일일 것이다. 혼자라도 볼 때마다 이름을 불러주기로 하면서 푸른 물빛으로 하늘을 물들이는 '청수송'이라고 명명해 본다.

극락전에 든다. 보물 제748호인 목각아미타여래설법상의 금빛이 환하다. 법당 마루에는 아무런 어둠이 없고, 고요한 말씀의 빛이 유리알처럼 투명하게 빛난다. 바라는 바가 있다면, 그것이 더없이 지중하고 절절하고 순수하고 진솔하다면, 연씨 하나가 마음에 떨어져 연꽃 한 송이 피어 이 세상의 평화가 한층 더 일찍 내게 찾아오리.

경국사, 그 길로 가는 길에는 물의 마음을 얻는 시간이 있다.

한 번 두 번 열 번
접을 줄 안다

접어서 낮추고
또 접어서 낮춘다

낮추고 낮추어
걸리지 않는다

가장 낮은 곳에 이르러
모든 웅덩이를 채우고야

물은 흐른다

「물」

제4부

남루한, 그러나 영롱한
눈물인 것들

좋아서도, 기뻐서도, 슬퍼서도, 아파서도 눈물 또 눈물,
눈물들을 만나러 갑니다

아틀리에

눈이 갤러리다.

우리가 보는 것이 다 아름다운 작품이다. 자연이든 사람이든 사물이든 보는 대상에 따라 눈은 그 이미지를 해석하며 저장한다. 보다 더 확실하게 하기 위하여 후각과 청각 및 촉각을 동원하여 기억을 더욱 구체화시킨다. 가장 먼저 저장된 최초의 기억이 대상에 대한 원본이다.

그 기원은 어머니의 배 속에서부터 시작된다. 탄생을 준비하는 동안 태아는 먼저 청각을 이용해 감각을 시각화하며 상상은 비약적으로 발전된다. 그러한 사실을 인지한다면, 모든 시각적 이미지의 심층에 청각과 후각이 내재되어 있다는 사실을 감지하게 되는 것은 당연한 일이다. 이 말은, 눈이 발견해 내는 대상과 세계는 어떤 하나의 단순한 사실로서의 발견이 아니라 청각과 후각은 물론 촉각 등과 모든 감각이 유기적 관계로 연결된 입체적이고 통합적인 발견이라는 뜻이다.

모든 회화는 눈으로 보는 단순한 1차적인 세계가 아니라 일체의 감각들이 한데 어우러져 이루어지는 복합적이고 다층적인 상상의 차원에서 봐야 한다는 걸 의미하는 것이다. 그렇지 않으면 회화는 피상적인 대상으로만 존재할 뿐이다. 캔버스는 평면이지만 그 위에 그려지는 작품은 공간임을 염두에 두어야 한다. 작가는 의도하든 그렇지 않든 정도의 차이는 있지만 자연스럽게 공간은 재구성되며 대상과 세계는 새롭게 변모하여 기존과 다른 것이 된다. 그 다른 것을 해석할 수 있는 것은, 우리가 최초로 저장했던 그 기억의 원본에 대상을 투영하는 방식을 통해 가능해진다. 캔버스에 그려진 모든 대상은 변형된 것이다. 그 변형이 새로움이며 지금까지와는 다른 낯선 것이다. 작품에 그런 요소들이 없다면 실패한 작품이다. 회화에는 있는 그대로 그려진 작품은 없다.

우리가 좋은 작품, 아름다운 작품들을 제대로 감상하기 위해서는 우리의 눈이 깊고 넓어야 하는 것은 물론 다양해야 한다. 모든 대상과 세계에 열려 있어야 한다. 하지만 눈을 뜨고 있다고 다 열린 것은 아니다. 많이 보고 듣고 느껴야 열린다. 그러기 위해서는 최소한의 공부는 필수다. 많은 다른 작품을 보고, 책을 읽고, 여행을 하고, 대화를 나누는 그런 시간을 통해 우리의 눈은 작가의 작품에 한 걸음 더 가까이 다가설 수 있게 된다. 그것은 작품을 만들어 내는 작가 또한 마찬가지다. 좋은 작품은 작가에 의해 탄생되는 것이지만, 아울러 독자에 의해 완성되는 몫도 있다. 의도했든 의도하지 않았든 그것이 우연이라 할지라도 독자는 작가가 미처 생각하지 못했던 부분에까지 눈이 닿아 미답의 세계를 보기도 한다. 그만큼 작품은 폭넓고 다양한 시각에 의해 인간의 새로운 영역이 개척되기도 한다. 그것은 인간 본성의 문제와도 닿아 있다. 인간은 본디 무한한 잠재력을 지닌 존재다. 산맥처럼 뻗으며 대륙처럼 성장할 뿐만이 아니라 바다처럼 깊어지고 호수처럼 잠잠해질 수 있다는 사실이다. 그것은 곧 진리에 대한 희망과 미래에 대한 도전을 이끌어내는 기제로 작용한다. 그렇기에 하늘은 우리에게 용기를 주고, 땅은 길을 내준다. 거친 황무지가 부드럽고 기름진 땅으로 바뀌게 된다. 이 모두 훌륭한 예술 작품이 주는 놀라운 힘이며 기적이다.

세상은 우리가 그린 그림이다. 알고 보면 그 어느 것도 그냥 지나칠 수가 없다. 그 안에는 무수한 사연과 이야기가 존재한다. 그렇기에 어느 하나라도 허투루 대할 수 없다. 한국화든 서양화든 회화는 우리가 살아가는 이 세상의 모습이다. 아름답고, 곡진하고, 처연하고, 생생하고, 부드럽고, 따뜻하고, 아프고, 기쁘고, 구슬프고, 애달프고, 환하고, 어둡고, 깊고, 넓고, 높고, 흐릿하고, 연하고, 진하고, 먹먹하고… 내면에는 모두 어떤 곡절과 사연들이 있다. 그러한 그림을 벽에 건다는 것은 세상을 다시 본다는 뜻이다. 한 번 봐서 아는 세상, 한 번 봐서 대뜸 아는 그런 세계는 없다. 새로운 것이 있어서 다시 보게 되고, 다시 봐야 새롭다. 새롭지 않으면 재미가 없다. 흥미 또한 마찬가지다. 재미와 흥미를 유도하고, 기존의 익숙한 것들을 전복시키며 끝없는 세계로 우리를 탈주하게 만드는 것이 예술이다. 처음은 어렵지만 갈수록 악력이 생기며 뭐든 자기 손에 쥘 수 있는 힘이 생긴다. 끼니는 한 번 먹는 밥이지만, 예술은 평생 두고 먹는 밥이다.

얼마 전, 정릉 'ME갤러리'에서 한 서양화가의 작품 전시회가 있었다. 그 갤러리는 빈집을 얻어서 리모델링하여 아틀리에로 개조한 화실이다. 그 빈집을 그냥 두었다면, 집은 점점 더 쇠락하여 폐가가 되고 아무런 기능도 하지 못한 채 허물어지고 말 것이다. 재개발이 되기 전까지라는 한계성이 있지만, 한 화가가 세를 들어 살면서 집은 새롭게 바뀌어 작품의 산실이 되었다. 그 갤러리에서 작품 활동은 물론 다른 작가의 개인전까지 열게 된 것은 문화예술적인 측면에서 매우 고무적인 일이며 주민 모두에게도 매우 유익한 일이다. 처음에는 지나다니는 사람들이 '대체 이 집은 뭔가?' 하고 궁금해하다가 현수막이 걸리고 리플릿이 놓여지면서 이웃 주민들도 편안하게 들어와 작품을 관람하게 되었다. 소통과 기여, 그것은 새로운 변화의 바람이다. 침체를 활력으로 바꾸는 지역사회의 변화다. 앞으로도 ME갤러리와 같은 작품의 산실이 더 많아져 유능한 작가들이 마음 놓고 작품 활동을 할 수 있는 그런 날이 왔으면 좋겠다. 작게는 정릉 르네상스의 복원이며, 아파트 일색의 서울의 다른 많은 재개발지역이 어떻게 개발되어야 할지 그 방향을 가늠해 보는 일이기도 하다. 경제적 논리와 자본의 특성이 이러한 일을 어렵게 하지만 더 멀리 더 넓게 보면, 달동네라는 재개발 지역들을 전체는 아니더라도 일부만이라도 원형을 간직한 예술마을로 탈바꿈된다면 더 큰 부가가치를 생산할 수 있는 명소가 될 것이다. 골목골목 미로를 따라 서로 연결된 예술가의 집들은 얼마나 개성적이고 아름다운가. 밤에도 불빛이 꺼지지 않는 작품의 산실은 예술의 향기로 활력을 얻고, 마을은 오래지 않아 새로운 빛으로 발돋움하는 예술문화의 진원지가 될 것이다.

먼저 빈집을 일으켜 처마 아래 등불을 내걸고 세상의 거친 비탈을 비추는 작가들에게 뮤즈는 어느 날 조용히 미소 지으며 찾아올 것이다.

예술이 살아야 문화가 살고, 마을이 산다.

그녀는 달의 앞마당에 살아요
골목골목 계단들이 사닥다리처럼 놓여 있어요
물어물어 찾아오던 꽃들도 길을 잃고
담벼락 아래 주저앉기 일쑤예요

이상해요
몰래 잠입하는 밤 고양이처럼 살금살금
계단을 오르면, 발끝에서
풍금소리가 나면서 꽃향기가 퍼져요

담장 너머로 고개를 내민 해바라기가
제일 먼저 알아보고는 미소를 지어요
대추나무 감고 올라간 나팔꽃이 얼른
알려주는지 대문이 조금 열려있어요

그녀에게선 갓 핀 백합 향기가 나요
물감이 묻은 청바지를 두르고
캔버스에 그림을 그리곤 해요
그럴 때 그녀는 슈퍼문이에요

그녀는 몇 안 되는 달의 원주민이에요
나도 그녀처럼 달이 좋아서 달동네를 기웃거려요
언젠가는 그녀가 체납고지서가 날아오지 않는
진짜 달동네로 이사를 갈지도 몰라요

삼십팔만 사천 킬로미터
그녀와의 거리예요
그럼에도 바닷물을 끄는 인력처럼
나를 끌어당겨요

오늘도 흰 벽에 새 그림이 걸렸어요
엎지른 막걸리처럼 달빛이 마당에 흥건하고
그녀는 다시 달의 유목민으로 부활해요
대문가 외등이 조는 정릉 달의 아틀리에에서요

「달의 아틀리에」

매실을 따는 아침

아침 햇살이 뜰에 퍼진다.

마당의 우물가에 선 저 매화나무! 슬픔이 내릴 때마다 눈물 고이고, 통점마다 피었던 꽃이다. 꽃은 울음 대신 일생을 건 한 사람의 사랑을 생각하며 향기를 퍼트리고, 나무는 향기가 휘발된 자리마다 열매를 낳고 묵묵하게 길러 왔다. 묵묵한 사랑, 그 사랑은 왜 고독하고 아픈 것인가? 사랑은 집착이 낳은 소유가 아니라 지극한 배려와 이해 속에서 비로소 형성되는 무한한 동류로서의 일치감이라는 사실을 깨달을 때까지 매화나무의 겨울은 길다.

돌이켜보면 얼마나 아득하고 먼 일이었던가. 어떻게 그 많은 질곡의 시간들을 견뎌왔을까. 눈물이 아니면 이야기를 할 수 없는 기막힌 일들을 삭이며 삶을 살아냈을까. 아버지가 심고, 어머니가 혼자 키운 매화나무다. 어머니는 아버지가 우물가에 매화나무를 심은 뜻을 아버지가 떠난 이후에야 뒤늦게 아셨을 것이다. 쉽게 자라지 않는 매화나무는 가뭄이 들어도 언제나 가까이 있는 우물을 통해서 그 목마름을 달랠 수 있었으리라. 당신의 빈자리가 쉽게 느껴지지 않도록 배려하셨던 것은 아니었을까. 하지만, 부재는 어떤 형태로든 이따금씩 슬픔을 동반하고 결여로서 통점을 자극하며 눈물을 동반하기 마련이다. 분명한 것은 나는 아버지의 부재를 희석시키는 어머니의 매실로서 끝까지 실재해야 한다는 사실이다. 나는 어머니의 운명과 사랑을 존속시켜 나가는 모계로서의 가장 확실한 혈통으로, 대체될 수 없는 숙명을 안고 태어난 존재인 것이다.

지금 만년설을 머리에 인 은발의 어머니는 연로하셨고, 매화나무도 초로를 숨기지 못하며 나이 들어가고 있다. 하지만 모른다. 알아도 안다고 할 수가 없다. 어머니와 매화나무가 속으로만 주고받은 묵언의 말들을 알 수가 없다. 아무도 저 매화나무의 속을 들여다볼 수는 없다. 어디서 기쁨이 올라와 꽃이 피고, 어느 구석에서 슬픔이 올라 꽃이 지는지, 어디서 그 현기증 나는 봄들이 오고 가는지 알 수가 없다. 다만, 어떤 마음이 매실을 길러내는지 나 또한 엄마처럼 자식을 둔 엄마의 입장에서 얼핏 헤아려지고, 우리의 삶을 이끌어가는 것은 무한대로 수렴되는 존재의 사랑이라는 것만이 확실할 뿐이다.

나는 아버지, 아니 더 정확히는 삼십 년 넘게 부재하며 아버지가 되어주었던 어머니의 반려 매화나무로 간다. 올해가 수용된 이 집에서 매실을 따는 마지막 수확의 기억이 될 것이다. 내 어린 시절 늘 아버지의 함박웃음이 되어 다가갔던 나의 걸음이었다. 그 아버지, 아버지를 떠올리는 매화나무다. 내게 파란 매실은 잘 떨어지지 않는 어머니의 눈물이다. 어머니는 매실이 조금 노랗게 익어서야 따기 시작했다. 이미 익어서 일주일을 더 넘긴 매실, 일생에 걸친 노랗게 익은 어머니의 향기로운 결실, 그 열매는 살짝 건드리기만 해도 떨어지는 몇 그램의 무게를 지닌 노란 눈물이다. 나뭇가지를 건드릴 때마다 우수수, 우수수 쏟아지는 매실들. 나는 지금 처음이자 마지막이 될 열매 비를 맞고 있는지도 모른다.

열매를 내준 매화나무가 한결 가벼워 보인다. 오늘밤을 자고 나면, 저 매화나무는 날개를 달고 하늘 어딘가로 날아갈지도 모른다. 어쩌면 하늘나라 아버지의 곁에서 다시 꽃을 피울지도 모를 일이다. 이제 향기도 서서히 내 손을 떠나고 있다.

지금 저렇게 마당 한쪽 소쿠리 가득 햇빛에 찌글찌글 소리 없이 끓으며 물기를 말리고 있는 매실, 마지막까지 슬픔을 휘발시키며 몸피를 줄이는 그리움, 나는 어머니의 노란 눈물이 낳은 마지막 매실이다. 🍃

주고 싶은 것이 사랑이다
줄 수 있을 때 주는 것이 사랑이다

그 마음을 매화나무는 안다
가지가 휘어도 열매를 내려놓지 않았다

다시는 너를 만나지 못할 것이다
이제는 나도 떠나야 한다

손이 닿자 후드득 쏟아지는
눈물, 참고 있던 노란 눈물 비

「수용된 눈물」

막걸리

한 잔이면 된다. 아니 그래도 한 됫박이다.

이것이 있어 대대로 이어온 우리 민족은 가뭄과도 같은 지독한 갈증을 해소할 수 있었다.

이것을 마실 때 눈물은 가려지고, 살림이 가난해도 이것이 있어 우리는 궁하지 않았으며, 마당에 차일을 치고 동네 사람 다 모여든 잔칫날에도 독마다 이것이 가득 찼기에 흥이 오르고 신명이 났다. 고개고개 넘는 우리 인생마다 이것은 아리랑처럼 늘 우리와 함께 해왔다. 이것이 있어 지난 과거 시대의 보릿고개도 눈물고개도 힘겹게나마 넘을 수 있었고, 동강과 내린천의 떼꾼들도 이것의 힘으로 뗏목을 한양까지 운반할 수 있었다. 나루터의 주막마다 행상들은 북적댔고 전대가 풀어지는 밤이면 호롱불은 더 환하게 어둠을 밝히고 주모의 웃음은 넘쳤으며, 시인 묵객들로 강물은 밤새 이야기를 얻고 명문의 문장으로 흐를 수 있었다. 과거길에 올랐다 낙방하고 문경새재 넘어 고향으로 돌아가던 선비도 이것 한 잔으로 속을 달랠 수 있었다. 이것은 사람들을 얼러주고 달래주면서 고비 때마다 우리의 눈물을 붙잡아 주었다. 엎어지고 넘어지고 또 속절없이 쓰러지고 무너지면서도 근근이 버틸 수 있는 힘을 준 것도 이것이었다. 이것 몇 잔이면 허기도 면하고 다시 일어설 힘을 얻었다.

지금은 아득한 유년 시절 집에 손님이 급작스럽게 와서 아부지의 술심부름을 급하게 하면서 재빼기 넘어올 때 목이 말라 처음 한 모금 맛을 본 것이 이것을 알게 된 계기가 되었다. 독하거나 모질지 않은 이것은 심성이 착하고 어질어 우리의 얇은 주머니를 바닥내는 일이 없었다.

이것 한 됫박이면 우리의 삶이 풍족해지고, 우리는 금세 등산을 하고 내려온 주말 저녁의 사람들처럼 다정해진다. 이것이 있어서 우리는 호락호락 실패하지 않았으며 삶으로부터 인생으로부터도 낙방하지 않았다. 이제 우리는 아무 데서나 어렵지 않게 이것을 만날 수 있다. 도시의 월급쟁이도 농부도 시인도 사장님도 더없이 즐겨하고, 새로 맛을 알게 된 젊은 청춘남녀도 이것을 좋아한다. 이거 한 잔 앞에서는 나무 토막도 입을 열고, 등을 돌리고 토라졌던 애인도 샐쭉 웃으며 다시 돌아앉아 얼굴을 마주한다.

이것은 꼭 사람만 먹는 것은 아니다. 지금도 여전히 시골마을에서 가장 어른 격인 수백 년 된 큰 소나무들은 이걸 말로 받아 자신다. 그 나무 어른인 목장(木丈)은 섬으로 마셔도 얼굴은 오히려 옥빛이 감돌고, 무병장수하며 우리에게 복을 가져다준다. 이것을 올리는 것은 청복을 얻어오는 으뜸의 공양이었으며, 이것을 올림으로써 흐뭇하게 번지는 미소를 통해 나눔의 미덕이 무엇인지 은연히 알게 되었다.

이것은 애써 꾸미지 않는다. 격식을 따지지 않는다. 고대광실을 꿈꾸지 않는다. 복잡한 절차나 형식이 없다. 단출하고 조촐하고 간소하다. 화려하면 이것은 좀처럼 자리에 나서지 않는다.

산해진미는 이것의 체질이 아니다. 수수하고, 소박하고, 소소하고, 소탈하지 않으면 이것은 누구에게도 그 진미를 알려주지 않는다. 금은보화에 담기는 것을 바라지 않으며,

투박하고 간결한 질그릇을 애호한다. 우정도 의리도 사랑도 우애도 이것 하나로 끈끈히 지켜지며 갈수록 깊어진다. 이것은 특별히 생생함을 좋아한다. 오래되어도 상하는 일은 없고, 다른 맛으로 익어서 식상해진 우리의 혀를 새롭게 깨운다.

　우리의 슬픔과 기쁨과 눈물과 고통과 영광과 상처와 함께해온 이것, 이것은 우리 민족의 엔돌핀이다. 백두산에서 한라산까지 마을마다 산재해 있으며 어떤 명인은 이를 너무 아낀 탓에 은자처럼 은일하고 있는 것도 있어 이것을 다 안다고는 할 수가 없다. 여전히 아픈 허리를 잠시 펴주는 것도 이것이며, 허름한 날에도 흐린 날에도 우리는 이것이 있어서 눈물의 내를 무사히 잘 건너간다. 우리의 삶이 팍팍해지고 인생이 힘들다고 여겨질 때 이것은 슬며시 우리의 옷소매를 당긴다. 비라도 내리는 날이면 우리는 그 유혹을 뿌리치기 어렵다. 그때는 그냥 넘어가줘야 한다. 불 위에서 빗소리를 내며 익는 파전에 이 한 잔은 우리의 '삶의 맛'을 다시 되살려낸다. 어디에도 이것이 있어 싸구려 인생은 없다. 이 땅 누구나의 지복이며 지락이다.

　부대끼고 시달렸던 일상은 어느새 잊어버리고, 찌그러진

잔에서도 미간이 펴지고 어두웠던 우리의 얼굴은 꽃처럼 환하게 핀다. 말이 나온 김에 오늘은 꽃 한 송이 얹어 내 좋은 사람들과 한잔 마셔야겠다.

이것은 우리 배달민족 최고의 곡차 막걸리다.

딱 한 잔입니다
아무 소리 않고 앞서 들어가신다

잘름잘름한 잔
나는 두 손으로 받쳐 들고 꿀꺽꿀꺽 마신다
넘어가지 않는 것은 없다
삼켜지지 않는 것은 없다
한 잔에 끝난다

탁, 빈 잔을 내려놓는다
나보다 더 빨리 비우고
말없이 술잔만 바라보다

다시 콸콸 막걸리를 따르는
술고래 우리 형

한 잔이랬잖아요?
뭔 소리여, 나는 한잔이여
티격태격 마른 논에 물대기

물꼬싸움 전문가
우리 형

나는 오늘 마누라한테 죽었다
한 잔과 한잔 사이에서 또 죽었다

「한 잔과 한잔」

까치집

집은 모든 존재들의 전진기지다.

사람은 물론 새들도 살아갈 집이 필요하다. 까치는 예로부터 우리에게 친근한 새다. 우리의 전래 설화와 세시풍속에 자주 등장하는 새다. 칠석날 견우와 직녀가 만나는 오작교를 놓아주는 새도 까치라고 동화는 알려주었다. 아침에 까치가 울면 반가운 소식이 온다고 하였다.

봄이 오기 전 까치는 민가 가까운 곳에 적당한 나무를 골라 집을 짓는다. 높은 곳에 지을까, 낮은 곳에 지을까? 문은 옆으로 낼까, 위로 낼까? 까치는 어느 정도 그해의 풍수를 미리 아는 영특한 새다. 꼭 들어맞는 것은 아니지만 옛 어른들의 말씀처럼 일반적으로 높은 곳에 지으면 그해는 비바람이 적고, 낮은 곳에 지으면 풍수해가 발생할 확률이 크다. 또한 문의 위치에 따라 강수량이 다르다. 옆으로 내면 비도 많이 오고 장마가 길 가능성이 있다. 물론 그것은 오늘날처럼 빅데이터를 이용하여 슈퍼컴퓨터로 기상을 미리 예측할 수 없었던 시절의 이야기다. 실제로 그런지 아닌지는 한 해 동안 까치집과 기상청 예보를 서로 비교하여 관찰해 보는 것도 재미있는 일이다.

부리를 이용하여 까치가 처음 나무에 집을 지을 때를 보면 까치의 인내가 참 대단하다는 것을 알 수 있다. 처음 몇 개를 놓기가 어렵다. 나이가 있는 원숙한 까치는 숙달된 솜씨로 잘 짓지만 분가하여 새로 짓는 까치들은 나뭇가지를 자주 떨어뜨리는 것을 볼 수 있다. 새로운 나뭇가지를 연신 물어다가 얽고 또 얽어서 짜맞추듯이 짓는다. 바닥이 만들어지면 벽을 쌓는다. 이때부터는 속도가 난다. 점점 더 많은 나뭇가지들은 따로따로 놓이지 않고 나머지 모두와 얽어지면서 전체가 하나로 결속되며 유기적인 구조가 된다. 이것은 마치 점성이 강한 잼과 같이 공간이 꽉 메워져 서로를 붙잡아주는 효과가 있는데, 이를 재밍(jamming)이라고 한다.

지금은 좀처럼 찾아보기 어렵지만 안내양이 있던 시절 만원버스에 몸이 끼어 버스가 움직일 때마다 버스 안 승객 모두가 하나의 덩어리가 되던 것과 비슷하다. 재밍은 또한 암벽 등반에서 이용되는 하나의 기술이기도 하다. 갈라진 틈새에 손이나 발 등을 비집어 넣고 비틀어 힘을 얻는 데 이용된다. 이 재밍을 할 줄 모르면 다양한 암벽 등반은 사실상 불가능하다. 이것은 까치가 매우 고난도의 건축가라는 사실을 증명하는 것이다.

까치집은 허허실실이다. 겉으로 보기에는 허술해 보이지만 알고 보면 매우 견고하다. 잔가지를 놓을 때 그냥 놓지 않고 잘 들여다보고 놓는다. 나뭇가지마다 그 용도를 알고 함부로 놓지 않는다. 얼기설기 나뭇가지가 쌓이면 바닥과 내부 공간을 몸으로 다지면서 튼튼하게 한다. 대부분 나뭇가지를 이용하지만 어떤 때는 진흙과 지푸라기 등도 이용한다. 뿐만이 아니다. 적당한 통풍구가 방위에 따라 요소요소에 잘 배치되어 있어 큰바람이 올 때는 바람의 출구가 되어 집이 안전하게 유지된다. 풀과 같은 것으로 인테리어가 끝나고 문이 만들어지면 까치의 집짓기는 끝난다. 어떤 엄마와 아빠 까치들은 한 번 집을 짓고 나서 그 이듬해에는 다시 집을 짓지 않고 그냥 사는 경우도 있다. 하여튼 나는 지금까지 까치가 집을 잘 못 지어 수해나 설해를 입었다는 말을 아직 듣지 못했다. 눈비와 바람으로부터 까치는 집을 잃는 일이 없다.

우리나라 어느 지역이나 마을을 가도 까치집은 있다. 도시에서는 중심보다는 변두리에 더 많다. 까치의 주 먹이는 애벌레나 벌레의 성충인데 도심에서는 녹지가 부족하여 먹이를 쉽게 구할 수가 없어 대부분 변두리에 서식하며 집을 짓고 산다. 마을이 끝나고 산으로 이어지는 들머리에 까치집이 많이 보이는 것도 모두 그 때문이다. 까치가 우리 사람과 친숙한 새가 된 것도 사람 가까이에 살면 먹이를 쉽게 구할 수 있다는 것을 알았기 때문이다. 까치집이 없는 풍경은 왠지 낯설고 어색하다. 까치가 없는 집은 엄마가 없는 집처럼 휑하다.

생명의 둥지로서만 기능하는 소박한 까치집, 까치에게 집은 투기의 대상이 아니다. 양도나 증여가 없다. 🍃

나뭇가지 하나도
다 놓일 자리가 있다

나무 꼭대기에 앉아
꽁지를 몇 번 까딱거리더니
물고 온 가지를 내려놓는다

가만히 들여다본
바람의 중심
고민이 풀리고
뼈대가 생기고 틀이 잡힌다

아까시나무는 지금
가슴이 콩콩 뛴다

신혼 적 달동네
단칸방 그 집
꼭, 자기가 다시
신접살림을 차리고 있는 것만 같다

「까치와 나무」

지붕, 그 렐리가레

함석지붕에 떨어지는 빗소리는 무척이나 낭만적이다. 봄비, 여름비, 가을비 등 빗소리는 계절에 관계없이 어머니의 손이 되어 우리를 다독여준다. 잠시라도 방에 누워 빗소리를 듣는 휴일의 휴식은 얼마나 꿀맛 같고 평화로운가. 집은 사람이 살지 않으면 빠르게 낡아가고 허물어지기 시작한다. 달콤한 빗소리, 그것은 어디까지나 비가 새기 전까지의 일이다. 벽을 타고 빗물이 흘러내리거나 천정에서 뚝뚝 떨어질 때는 슬픔도 함께 샌다. 눈물처럼 새는 것들은 한결같이 슬프다. 포장을 덮어 새는 지붕을 덮지만 그렇다고 슬픔이 아주 덮어지지는 않는다. 바람이 불면 바람 속에서 슬픔들은 다시 펄럭거린다. 벽돌로 눌러놓고 끈으로 단단하게 묶어놓아도 슬픔들은 눌리지도 않고 결박되지도 않는다.

집을 덮어주는 것이 지붕이다. 방치된 집들은 하나같이 지붕이 엉망이다. 헌집이든 새집이든 지붕이 새면 집은 남루를 피할 수가 없다. 어떤 지붕이 시간으로부터 덜 낡고 새지 않는가? 함석, 기와, 슬레이트, 판자 등 모두 내구연한이 있는 것들이다. 일정 기간이 지나면 기능을 잃고 더는 못 쓰게 된다. 그것들은 수명이 다하면 걷어내고 다시 개초를 하듯 지붕을 새로 해야 한다. 새로 하지 않고도 집이 다할 때까지 오래 쓸 수는 없을까? 이따금씩 칠을 해주는 것도 원상태를 유지하는 하나의 좋은 방법이다. 모든 것들은 왔던 곳으로 돌아가 흙이 되는 자연의 순리를 따를 뿐 영원한 것은 없다. 단 한 가지는 예외다.

우리는 어느 때고 실패할 수 있는 존재들이다. 우리가 나약해서도 아니고, 강하지 못해서도 아니다. 자기 확신, 자기 믿음이 없다는 것이 문제다. 종교는 있어도 자기 자신에 대한 믿음이 없는 사람도 있다. 남의 말은 들으면서도 자신이 말하는 내면의 목소리를 듣지 않는 경우도 많다. 귀가 얇아서 남의 말을 액면 그대로 받아들여 낭패를 보기도 한다. 물은 충분히 얼어 일정 두께를 확보한 단단한 얼음이 된 후에야 우리는 호수를 무사히 지나갈 수가 있다. 다리는 제자리에

튼튼하게 잘 놓여 있어야 안전하게 우리는 계곡을 건너갈 수 있다. 분명하고 확실하게 딛고 건너갈 수 있는 호수의 얼음과 계곡의 다리처럼 우리는 우리의 삶을 안전하게 덮어주는 지붕 즉, 신념이라는 자기 확신이 있어야 한다. 이 믿음은 낡은 것이 아니다. 낡음을 막아주는 힘이 된다. 자신을 갖고 사는 것, 그것이 곧 분명한 삶의 철학이며 그조차 없다면 자신은 물론 자신과 관련된 모든 것들은 새고 무너질 수밖에 없다.

신념을 갖기까지는 우리는 수없이 엎어지고 넘어지며 깨진다. 그것은 거듭 사람과 세상을 이해하고, 나를 바꿔야 하는 일이다. 신념은 얄따란 함석과 같은 것이 아니어서 내구연한이 없다. 신념만이 존재의 원상태를 유지하게 한다. 시간에 관계없이 우리를 끝까지 지켜주는 신념, 신념이 지붕이다. 신념은 지붕과 단단하게 결합되어야 한다. 확고하게 묶여야 한다. 그것이 기독교 신학자 락탄 티우스가 말한 '신과 결합하는 것'이라는 종교의 정의와 같은 신념이다. 그 신념 아래서만 슬픔은 새지 않는다. 그 신념은 지붕이 되어 모든 존재해야 하는 것들을 튼튼하게 덮어준다. 🍃

포장을 덮고
촘촘하게 묶는다

폐타이어와 벽돌로
단단히 눌러 놓는다

다시 걷어내려는 것일까
바람이 펄럭거린다

결박을 거부하는
저 오래된 슬픔의 누수

「지붕」

호박꽃

모든 꽃이 예쁘다.

　예쁘지 않은 꽃은 없다. 아름답지 않은 꽃은 없다. 산자락을 오르내리며 만나는 야생화들은 그 모양과 색깔은 물론 향기가 다 다른 고유한 것들이다. 어느 하나 곱지 않은 것이 없고, 모두가 아름다운 것은 마찬가지다. 그런데도 유독 '호박꽃'에 대해서는 사람들의 인식이 그렇지 않은 것 같다. 단성화인 호박꽃은 박과의 한해살이 넝쿨풀이다. 대략 6월부터 서리가 내릴 때까지 종 모양의 짙은 황색 꽃이 1개씩 이른 아침에 핀다. 이 꽃에서 호박이 맺혀 우리의 식탁을 풍성하게 만들어준다. 녹말과 비타민이 풍부한 호박의 성미(性味)는 달고 따뜻하며, 산후 부종을 내리는 효과가 좋아 산모들에게는 더없이 좋은 음식이 되기도 한다. 호박은 한자어로 남과(南瓜)라고 하는 것에서 알 수 있듯이 중국의 남쪽지방을 통해 들어온 것으로 원산지는 북아메리카 멕시코라고 추정하고 있다. 아무 데서나 볼 수 있고 친근하여 우리 꽃처럼 인식하고 있지만 알고 보면 우리 꽃이 아닌 멀리서 시집을 온 이국의 꽃이다.

"호박꽃도 꽃이냐", "꽃은 꽃이라도 호박꽃이라", "호박꽃 같다", "호박꽃도 꽃이라니까 오는 나비 괄시한다", "호박이 궁글다", "뒷구멍으로 호박씨 깐다", "호박에 줄긋는다고 수박 되나", "호박에 말뚝 박기" 등 호박은 그런 소리를 들을 때마다 가슴이 아프고 서러웠다. 자신을 못생긴 여자의 대명사로 정의한 사람들의 편견은 폄하와 멸시와 천대로 이어지고, 억울한 오명을 쓰기도 하였다. 하지만 생각을 해보면 호박은 아무런 잘못이 없다. 꽃은 전 부쳐 먹고, 잎은 쌈 싸먹고, 애호박은 칼국수나 수제비를 해먹고, 늙은 청둥호박은 호박죽이나 호박떡 해먹고 그 쓰임이 이롭지 않은 것이 없다. 사람들이 꼭 모두 부정적인 것은 아니라서 이율배반적이지만 사람들은 또 "호박이 넝쿨째로 굴러들어온다"는 말로 호박을 복으로 받아들이거나 "호박씨 까서 한입에 털어 넣는다"와

같이 경계를 삼기도 하였다. 여자의 부정적인 외모를 말할 때 쓰는 호박꽃은 호박의 종류에 따라 다소 다르지만 어쩌면 호박의 펑퍼짐한 모양이나 크기에서 비롯되었을 것이다. 하지만 나는 그런 편견에 동의할 수 없다.

밭의 가장자리나 비탈진 언덕, 돌담 아래 등 어디라도 좋다. 어디든 가리지 않고 심어만 놓으면 스스로 알아서 잘 자란다. 넝쿨을 뻗고 꽃이 피었다 열리는 덩실한 호박은 정말 복스럽고 친근하다. 한번 심어만 놓으면 큰 일손을 들이지 않아도 되니 여간 고마운 일이 아닌가.

또한 밥 달라 사랑 달라고 조르거나 보채는 일이 없으며, 귀찮게 하지도 않는다. 그런 별 모양의 노란 호박꽃을 자세히 들여다보면 꿀림이 없는 당당한 자태의 아름다움에 반하게 될지도 모른다. 누가 호박꽃을 못생긴 여자에 비유하는가? 천부당만부당한 일이다.

모든 아름다움과 모든 세계는 발견이다. 그것은 사물과 대상을 편견 없이 있는 그대로 바라보는 눈이 가져다주는 선물이다. 호박과 감자가 없으면 우리들의 여름날은 무엇으로 입맛을 돋우랴. 호박꽃과 마찬가지로 못생긴 사람의 외모를 빗

대어 '감자 같다'라고 하기도 하는데 이 또한 낭설이다. 하지 무렵에 나오는 햇감자는 보기만 해도 웃음이 나올 만큼 귀여우며 서글서글하다. 더군다나 '하지가 지나면 구름장마다 비가 내린다'는 속담에서 알 수 있듯이 이때에 내리는 한 줄금 비라도 맞게 되면 감자는 그 뽀얀 살을 드러내며 우리들을 풋풋하게 만들어 주기도 한다. 수제비에는 모름지기 감자와 애호박이 빠질 수가 없다. 가을에는 늙은 호박으로 호박고지를 해서 겨울에 해먹는 호박떡은 진미다. 이때의 호박떡은 메떡이 아니라 찹쌀을 넣은 찰떡으로 해야 찰지고 무름해서 그 진미를 제대로 맛볼 수가 있다.

호박꽃은 분명 세련미와 발랄함과 섹시함이 넘치는 꽃은 아니지만, 매우 실질적이고 넉넉함과 푸근함이 느껴지는 중년의 여인이 지닌 후덕한 사랑이다. 꽃말에서 알 수 있듯이 넓은 아량의 관대함이며, 편견과 폄하마저 개의치 않고 받아들이는 포용이며, 조금도 위축되지 않는 용기를 가진 꽃이다. 이른 아침에 핀 황금빛 호박꽃 눈이 부시다. 🫛

밤새 빛들을 모아
자가 발전을 하는 꽃

황금 알전구에 불이 들어오면
어둡던 마당 귀퉁이가 환해진다

아무도 지켜보지 않아서
아무도 비밀을 모르는 꽃

이른 아침 마당가에 서면
호박잎마다 반짝이는 별빛 달빛

해마다 우리 어머니가 심던
그리움이 넝쿨로 뻗는 저 꽃

「호박꽃」

까치밥과 감나무

눈이 내린다. 펄펄 눈이 내린다. 감나무 꼭대기에 남겨 놓은 붉은 홍시 위로 하얀 눈이 내린다. 눈은 지상에 닿기 전 마치 꽃을 만난 듯 나비처럼 살포시 내려앉는다. 새하얀 눈으로 더욱 붉어진 감은 어두워지는 하늘 아래 등불을 켠 듯 환하게 밝는다.

아주 오래전 우리 할아버지의 할아버지가 살았던 배고프고 가난했던 시절 겨울날 춥고 배고픈 새들을 위하여 잘 익은 감을 맨 먼저 남겨 놓을 생각을 했던 사람은 누구였을까?

1960년 한국을 방문한 펄벅 여사의 눈에 보석처럼 들어온 것은 다름 아닌 저 까치밥이었다. 그 까닭을 알고 펄벅 여사는 전율하며, "바로 이거예요. 내가 한국에서 와서 보고자 했던 것은 고적이나 왕릉이 아니었어요. 이것 하나만으로도 나는 한국에 잘 왔다고 생각해요" 하면서 "한국은 고상한 국민이 살고 있는 보석 같은 나라"라고 하였다.

또한 지게에 볏단을 진채 소달구지와 함께 나란히 귀가 하던 석양 무렵의 농부를 통해서 하루 종일 일한 소를 배려하기 위하여 달구지에 타지 않고 걸어가는 농부의 마음을 알고는 '세상에서 본 가장 아름다운 풍경'이라고 고백을 하였다.

밤이 긴 겨울철, 과거 시골에서 밤이 늦도록 공부를 하다보면 출출해지기 마련이었다. 그 출출함을 달래기에는 홍시만 한 것이 없었다. 가을철 감을 따서 바깥채에 딸린 광의 큰 독에 쟁여둔 감이 겨울철로 접어들면 꺼내 먹기 좋게 잘 익곤 했었다. 살짝 얼어서 이가 시릴 정도로 차가운 홍시는 배를 채워주기도 하면서 졸음을 쫓아버리는 데는 아주 그만이었다.

감나무는 엄마의 나무다. 아낌없이 베푼다. 한없이 주기만 한다. 늦둥이 막내에게는 이유식이 되어주었던 감나무의 홍시, 홍시는 마음을 따뜻하게 데우고, 언제나 엄마를 그립게 만든다.

까치밥은 감나무에 남겨놓고, 사람의 까치밥은 항아리 속에 남겨두었었다. 그 감들은 겨울을 나기에는 충분하지 않아 아껴 먹으면서 어린 꿈을 자라게 하는 양식이 되어주었다.

까치밥은 배고픔이 낳은 배려와 나눔의 밥이다. 내 배고픔이 있어야 남의 배고픔도 알게 된다. 까치밥은 따뜻한 가슴이 지은 사랑의 밥이다. 누군가를 사랑할 때 우리는 따뜻한 인간이 된다. 그리하여 사랑은 온기를 얻어 모든 것들을 품으며, 대대로 유전된다.

하늘에서 땅까지. 🌿

나눔이 복이다

까치도 그걸 알고

펄펄 내리는 흰 눈 맞으며

좋아서 깍깍거리며

설을 쉰다

배려가 덕이다

참새와 물까치 직박구리도

고마워서 날갯짓하며

저 붉은 밥으로

한 살 나이를 먹는다

희망이 빛이다

윗샘 아랫샘 샘물 마르지 않는

오랜 이웃들

그들이 켜놓은 저 등불

지상의 저녁이 환하다

「까치밥」

고구마

겨울의 행복은 군고구마 하나로 평정이 된다.

고구마가 빠지면 우리들의 겨울은 그 구수한 냄새를 잃고 만다. 장작불에 잘 구워진 뜨거운 군고구마 봉지를 들고 서둘러 집으로 가는 걸음은 얼마나 행복한가. 그는 분명 누구보다도 가족을 사랑하는 사람이다. 돈이 많지 않아도 행복하게 살 수 있는 사람이지만 인정과 자상함이 물씬한 그는 가족의 사랑 없이는 살 수 없는 사람이다. 그는 틀림없이 따뜻한 사람이다. 스웨터 같은 따뜻한 마음씨를 지닌 사람이다. 고구마는 해마다 겨울이 되면 삭막해지는 우리의 마음과 인정을 일깨운다. 연탄도 불이 붙어야 뜨거워진다. 그 불꽃 위에서 냄비의 찌개는 끓고 석쇠 위에서 생선은 노릇노릇해진다. 고구마는 가슴에 그런 불을 지피게 한다. 그럼으로써 우리의 삶이 어떤 것인지를 알려준다. 모두를 따뜻하게 하는 것, 그것이 사랑이다. 그 사랑은 익으면 익을수록 냄새는 더 구수해지고 달콤해지면서 우리를 행복하게 해준다.

조선 영조 때 오랜 흉년이 들어 기근이 아주 심했었다고 한다. 그에 대한 해결책으로 예조 참의 조엄은 영조 39년(1763년) 조선통신사가 되어 대마도(쓰시마섬)로 건너간다. 반출이 금지되었던 고구마를 어렵게 얻어 조엄은 한 달여 만에 돌아오게 된다. 문제는 재배였다. 대마도와 환경이 비슷한 부산의 금정진, 다대진 등지에서 처음으로 시험 재배가 이루어졌으나 실패하고, 가까스로 절영도(영도)에서 성공을 하게 된다.

고구마는 메꽃과의 한해살이 뿌리채소로 열대 아메리카가 원산이다. 고구마는 보통 4~5월경에 순을 심어서 재배를 한다. 지면을 따라 줄기가 뻗으면서 땅속으로 뿌리를 내리는 덩굴식물로 덩이뿌리에 영양분이 축적되며 커진다. 주로 녹말이 많고 단맛이 난다. 비교적 생육기간이 짧고 척박한 토양에서 잘 자란다. 덩굴이 무성해지면서 지면을 덮어 잡초의 번식을 막아 밭을 관리하기에도 용이하다. 종류도 호박고구마, 밤고구마, 컬러 푸드로 인기가 많은 자색고구마 등 여러 가지가 있다. 고구마는 처음 감저라고 불렀다. 조엄이 통신사로 쓰시마에 갔을때 쓴 해사일기에 기록'(名曰甘藷 或云孝子麻 倭音 古貴爲麻)'된 '감저(甘藷)'라는 이름은 왜국(일본) 발음으로는 고귀위마(高貴爲麻)다. 일본 쓰시마 지방에서는 고구마를 '고코이모'라고 한다. 우리 땅에 고구마가 재배되면서 이 고귀위마가 고그마로, 고그마에서 다시 고구마라는 변천과정을 거치면서 1936년에 표준어가 되었다. 고구마에 대한 최초의 한글 기록은 유희의 『물명고』(1824년)에 나오는 '고금아'라고 한다.

무엇보다도 고구마는 겨울철 군고구마가 제일이다. 지금은 누구나 좋아하는 간식거리이지만 과거에는 구황작물로서 백성들의 목숨을 살린 식량이었다. 이러한 고구마의 또 다른 특징은 저장 중 장소를 다른 곳으로 옮기면 온도의 변화가 생기면서 썩어버린다. 가장 적합한 저장 온도는 13℃ 안팎이다. 우리 이성 간의 사랑도 한 가슴에서만 유효한 것이라 대상을 바꿔 다른 사람으로 옮기게 되면 썩어서 가슴이 문드러지는 것은 아닐까?

정릉골 텃밭에는 고구마들이 심심치 않게 심어져 있다. 고구마를 심고 가꾸어서 수확할 때까지 고구마는 우리에게 많은 재미를 준다. 심는 재미, 가꾸는 재미, 기다리는 재미, 캐는 재미, 나누는 재미, 굽고 찌는 재미, 먹는 재미 등 마음에 안다미로 철철 넘치는 재미가 여간 쏠쏠한 게 아니다.

올봄에도 고구마를 심으면 풍성한 가을이 오고, 달콤하고 구수한 겨울이 첫눈과 함께 찾아오리. 🍃

겨울을 노릇노릇
구수하게 익히는 냄새

골목에 퍼지면서
등불은 켜지고
당신이 돌아오는 발걸음 소리가
점점 가까이 들려옵니다

당신이 가슴에
폭 안고 오는 그것이
무언지 저는 압니다

껍질조차 향기롭고
벗길수록 노랗게 익은
당신의 사랑

사랑 안에서 사랑 안에서만
나는 당신으로 익어갑니다

타닥타닥 내 눈물마저
장작이 되어 타들어가는
당신의 사랑 안에서만

나는 익어갑니다

「군고구마」

눈 오는 날의 편지

눈이 옵니다. 모든 것들을 일시에 정지시키고 가만가만 눈이 옵니다. 기약 없던 사람처럼 소식이 감감하던 눈발입니다. 나무마다 소복하게 쌓이고, 길들은 눈 속에 묻히고 있네요. 이 눈 속에서 생각나는 사람이라도 있는 걸까요. 나는 왜 알 수 없는 마음의 저 안쪽 휘어진 기억의 길모퉁이를 바라보고 있는 것일까요? 사람들은 전화기를 꺼내 누군가에게 문자를 보내기도 하고, 부리나케 전화를 하기도 하네요.

눈은 무엇인가요? 그리움인가요, 서러움인가요. 기다림인가요, 약속인가요. 아무런 약속도 없는 나는 무엇 때문에 마음이 무연해지는 걸까요? 생각해 보면, 눈은 겨울의 꽃입니다. 길고 추운 겨울은 나무들에게 그 어느 계절보다도 외로운 시련의 계절입니다. 혹독하지만, 겨울은 나무들을 변화시켜줍니다. 기우겠지만, 겨울이 아니면 나무들은 단단하고 깊어지는 것을 잊을지도 모릅니다. 나무들은 고통을 감내한 칼바람의 끝에서 저리 기쁜 마음으로 눈을 맞아 가지마다 눈이 시리도록 새하얀 눈꽃이 피는 것은 아닐까요.

자진모리장단에서 휘모리장단으로 몰아치던 눈발이 어느새 진양조로 잦아듭니다. 세상은 더없이 고요해지고 하얘졌습니다. 외등이 켜질 때까지 오래 바라보고 싶습니다. 마음 같아서는 그냥 그대로 두고 싶지만 사람이 사는 집에 사람 사는 흔적은 있어야 하지 않나요. 또한 돌아올 식구들을 위해 쓸어야 합니다. 눈을 쓸지만, 쓰는 것은 치우는 것이 아닙니다. 나는 눈과 관련해서는 치운다는 말을 잘 쓰지 않습니다. 왠지 치운다는 것은 거추장스럽거나 불편한 것을 없앤다는 느낌이 들기 때문입니다. 눈은 내게 청소를 하거나 정리를 해야 하는 대상이 아니니까요. 눈을 쓰는 것은 운동이 되기도 합니다. 단순한 신체적 운동을 넘어 정신적 운동이 되면서 마음의 근력도 함께 따라 붙는 느낌이 듭니다. 대문 밖 저 아래까지 이제 비질이 끝났습니다. 땅이 빗자루를 받아들인 흔적입니다. 받아들인다는 것은 분명 건강하다는 증거입니다. 이별은 처음 받아들이기 어려웠지만 그만큼 저 나무들처럼 성장했다는 뜻일 겁니다. 받아들이기보다 내치는 것을 먼저 배웠다면, 나무들은 저리 아름답지 않을 것입니다. 나무들은 받아들여서 사랑입니다. 우리도 이별을 받아들여 곡진한 사랑입니다.

다시 눈이 옵니다. 당신도 지금 저 눈을 보고 계신가요? 한 자루 촛불을 켜게 하고, 모든 이별들을 다시 소환하며 눈이 내립니다. 이 세상에 다 덮을 수 없는 것들을 덮으며 사락사락 눈이 내립니다. 설령 이 편지를 부치지 못한다 할지라도 내 마음은 또 어느 날 당신의 머리 위에서 흰 눈으로 내릴 것을 압니다. 지금 내가 듣고 있는 저 눈 내리는 소리가 당신이 쓰는 편지임을 아니까요.

불빛 속에서 희번덕거리는 기억들이 이 밤의 눈발에 섞여 적설에 묻히기까지 밤은 더 고요히 깊어질 것입니다. 한 사람의 얼굴이 남을 때까지. 🍃

명절날은
눈사람도 집 생각이 난다

눈사람도 설을 쇠러
엄마- 하고 찾아온다

흰 눈이 오는 날
눈사람도 엄마가 그립다

「눈사람도」

비빔밥

　외롭다. 체납고지서가 외롭고, 독촉장이 외롭다. 좀처럼 끝나지 않는 할부가 외롭고, 마이너스를 면하지 못하는 통장의 잔액이 외롭고, 신용불량자를 경고하는 으름장이 외롭다. 짧은 추녀 끝에서 들이치는 비를 맞는 헌 신발들이 외롭고, 새는 지붕에서 떨어지는 차가운 빗방울이 외롭고, 온기가 없는 방바닥이 외롭고, 얼룩진 벽지가 외롭다. 긁히고 이가 빠진 그릇들이 외롭고, 여기저기 흠집이 난 오래된 장롱이 외롭고, 외출을 할 때마다 여의치 않은 빛바랜 옷가지들이 외롭다. 마트에 가서 마음껏 사고 싶은 것을 담아보지 못한 헐거운 장바구니가 외롭고, 퇴근길 골목의 선술집에 앉아 파전에 막걸리 한 잔 들이켜지 못하고 구멍가게에 들러 술 한 병 사들고 혼자 가는 어둑한 그림자가 외롭고, 외로운 모든 지독한 가난들이 외롭다.

　쓸쓸하다. 기다리는 사람 없이 저녁을 끓이는 뒷모습이 쓸쓸하고, 작은 밥상에 앉아 기운 없이 수저를 드는 초췌한 얼굴이 쓸쓸하고, 얼굴 본 지 오래됐다며 안부조차 물어주는 사람 없어 울리지도 않는 묵묵한 핸드폰이 쓸쓸하다. 온기가 없는 눅눅한 방 눅신눅신한 몸을 뉘인 얇은 이불 속이 쓸쓸하고, 기억 속의 먼 누군가가 떠올라 쉬이 잠들지 못하고 불면에 시달리는 덜컹거리는 창문이 쓸쓸하고, 퀭한 모습으로 허리의 통증을 참으며 사위어 가는 빛을 골목에 뿌리는 심야의 외등이 쓸쓸하다. 챙겨주지 못한 사람의 지나간 생일이 떠올라 쓸쓸하고, 적금을 또 깨야 하는 내일이 벌써부터 쓸쓸하다. 읽다 말고 머리맡에 밀쳐놓은 남루한 책들이 쓸쓸하고, 번번이 허탕을 치는 로또의 꿈이 쓸쓸하고, 승진에서 밀려 직위가 그대로인 명함이 쓸쓸하고, 쓸쓸한 모든 외로움이 쓸쓸하다.

　아프다. 잘 열리지도 않고 닫히지도 않는 녹슨 대문의 삐걱거리는 고관절이 아프고, 걸핏하면 비가 올 때마다 지붕에 올라가기 위해 밟는 삐뚜름한 낡은 사다리의 흔들리는 뼈 마디마디가 아프고, 깊게 패인 도마의 상처가 아프다. 구석진 모서리마다 검게 곰팡이가 핀 방들이 아프고, 까닭도 없이 이따금씩 막히는 하수구가 아프고, 불씨를 잃어버리고 자주 꺼지는 연탄의 화덕이 아프다. 다 떨어져 홀쭉해진 빈 약 봉투가 아프고, 끙끙거리며 자주 눈물을 놓치는 연식이 오래된 냉장고가 아프고, 고열에 시달려 이미 오래전 고물이 된 헤어드라이기가 아프고, 지지직거리며 발음이 새는 라디오와 텔레비전도 아프고, 보온기능을 잃어버린 밥솥도 아프다. 아프고 아파 연애를 잃어버린 청춘도 아프다.

외롭고, 쓸쓸하고, 아파서 서로 비비고 산다. 이웃과 비비고, 친구와 비비고, 피붙이들과 비비고, 산언덕에 비비고, 울다 웃는 눈물에 비비고 비비며 산다. 가난은 말한다. 모든 욕심은 한 줌도 크다. 욕심으로 가난해지고, 욕심으로 외로워지고, 욕심으로 쓸쓸해지고, 욕심으로 아프다. 이 모든 외롭고, 쓸쓸하고, 아픈 것들을 남김없이 탁탁 털어서 큼직한 그릇에 넣는다. 김치도 넣고, 고추장도 넣고, 참기름도 넣고 쓱쓱 비빈다.

모든 허기들이 비벼지는 맛있는 비빔밥, 비빔밥은 미학이다.

비빕니다

외로움도 쓸쓸함도 아픔도
양념이 되어 모두 다 버무려집니다

우리가 남겨놓은 슬픔들이
맛있는 한 끼 밥이 되어
허기를 채워줍니다

남는 것은 아주 깨끗한
가난의 설거지 그뿐입니다

슬픔을 비빌 줄 아는 당신
수저 하나면 됩니다

「비빔밥」

엄마

제일 처음 들은 말

배 속에서부터 들었던 말 엄마, 엄마는 내 존재의 시원이자 나의 왕국, 영예로운 왕국의 역사가 시작되었고, 모든 산맥과 강들이 길들을 열게 한 신비한 힘, 엄마로 하여 나는 뜨거운 눈물과 따뜻한 가슴을 지닌 당당한 사람이 되었고, 엄마로 하여 나는 사랑을 알게 되었으니 엄마는 이 세상을 살아가는 삶의 원천이자 내 인생의 자전축.

제일 처음 본 얼굴

눈을 뜨기 전부터 보았던 얼굴 엄마, 엄마는 앞산 소나무 숲 위로 떠오르는 환한 보름달, 쳐다보면 언제나 환하게 쏟아져 내리는 달빛, 젖을 먹다가도 눈을 마주치면 깨끗하고 흰 박꽃으로 피어나는 자애로운 미소, 엄마를 보면서 행복이 무 언지를 알게 되었고, 삶이 무언지를 미소로 가르쳐 준 엄마, 엄마는 이울지 않는 지고지순한 마음의 원형.

제일 처음 발음한 말

엄마를 부르면서 말문이 열리고, 내 모국어의 시작을 알려 준 엄마, 엄마- 하고 부르면 이 세상이 모두 내 거가 되는 신 비한 마술, 엄마 앞에서는 호랑이도 무섭지 않고, 오랑캐도 결코 두렵지 않은 어린 돈키호테, 풍차처럼 바람을 일으키며 날쌔게 달리고 담장도 펄쩍 뛰어넘는 야생마로 이 세상 저 먼 곳까지 달려가게 해준 엄마, 내 아무리 힘들고 지칠 때에도 언 제나 돌아가 쉴 수 있는 엄마, 엄마는 언제나 영원한 목숨의 베 이스캠프.

제일 많이 부르는 말

이 세상 가장 많이 부르는 말 엄마, 그 말을 빼면 너무 성글 어 기둥을 잃고 무너지는 세상, 이 세상 가장 크고 가장 긴 말 엄마, 한 번 부르면 순식간에 지구를 돌고 달나라까지 가는 말 엄마, 모든 것을 다 잊어도 잊어버리지 않고 부르는 말 엄마, 마지막 순간까지도 놓지 못하는 말 엄마, 가문 땅에 단비를 내리고 새싹을 돋게 하는 말 엄마, 천연의 요새에 자리 잡은 성채처럼 가장 아름다운 말 엄마, 망루의 종처럼 한번 울면 치지 못하고 울리지 못하는 것이 없는 말 엄마, 제아무리 강하고 단단한 것들도 엄마 앞에서는 모두 다 허물어지고 마는 존재들, 엄마는 모든 눈물들의 고요한 성지.

엄마는 인류의 마지막 말, 엄마는 불멸

가장 큰 말, 엄마
이 세상이 담긴다

가장 따뜻한 말, 엄마
이내 가슴이 뜨거워진다

가장 긴 말, 엄마
지구를 감고 달까지 간다

엄마, 부르는 순간
이 세상이 내 거다

「엄마」

튀밥

봄날이 폭발한다.

여기저기 뻥뻥 꽃들이 폭발하는 봄날, 산이 흔들리고 무더기무더기 산벚꽃들 쏟아져 나온다. 향기는 삽시간에 흩어져 골목이 자옥하고 귀가 멍멍하다. 형제봉으로 멀리 달아났던 소리가 잠잠해지는가 싶으면, 다시 뻐-어엉 하고 터지며 연신 하얀 벚꽃 같은 튀밥을 튕겨내는 경쾌한 폭발음, 모든 무기력한 것들은 맥없이 쓰러지고 너나없이 구수한 상춘은 즐겁고, 마음은 또 쓰잘데없이 자꾸 들떠 어딘가로 달음박질을 치려 한다.

이 봄 벚꽃 아래 노점의 튀밥가게는 문전성시를 이루는 동네 부자다. 손수레에 얹어놓은 뻥튀기들이 수북하다. 지나가는 사람들 한 움큼씩 먹어도 튀밥은 쉽게 줄지 않는다. 목청껏 소리를 높여 손님을 부를 필요도 없다. 튀밥기계가 알아서 큰소리로 호객을 해도 아무도 나무라지 않으며 핀잔을 주지 않는다. 목소리는 향기를 담아서 절로 널리 퍼져 사람들을 끌어들인다. 주인은 다만 주변을 슬쩍 보고는 '뻥이요~~' 하고 짐짓 짓궂은 개구쟁이처럼 웃으며 외치면 된다. 하지만 그 '뻥'은 뻥이 아니다. 그 순간 기계의 물리적인 폭발은 잠시 따분했던 일상을 간단히 뒤엎어 버리고, 동시적으로 화학적 변화를 일으켜 사람들의 가슴을 알 수 없는 묘한 충만함과 행복감으로 가득 메워준다.

옛 유년의 시골 오일장 공터에는 유독 튀밥 기계 앞에 줄이 길었다. 빈 통조림통, 플라스틱 바가지, 자루, 양은 냄비, 양동이 등에는 콩과 강냉이는 물론 쌀, 보리쌀, 조, 가래떡 등이 담겨져 차례를 기다리고 있었다. 그것들을 곡물팽창기(穀物膨脹機)에 집어넣고, 밀폐하여 가열한 후 뚜껑을 열면 순식간에 부풀대로 부푼 하얀 튀밥들이 왈칵왈칵 쏟아져 나오며 그물 통발 속으로 와르르와르르 빨려 들어갔다. 한 홉을 넣으면 한 되가 나오고, 한 되를 넣으면 한 말 가깝게 나오는 튀밥기계는 결코 열 배로 과장된 뻥이 아니었다. 거의 연금술과 다름없는 마법의 도구였다. 곡물팽창기인 이 시리얼 기계는 1901년 미국의 미네소타 알렉산더 앤더슨 박사가 발명을 한 것으로 알려져 있다.

장터에서나 길거리에서나 튀밥을 튕기는 광경은 보기만 해도 자미스럽고 넉넉하고 푸짐하다. '자미스럽다'의 '자미(滋味)'를 보면, 맛이 점점 불어난다. 점점 더 맛있어진다는 뜻이 들어 있다. 그도 그럴 것이 거의 열 배에 가까운 분량으로 늘어나니 황금알을 낳는 거위와도 같은 셈이었다. 입이 심심할 때 주전부리로는 뻥튀기만 한 것도 드물다. 배부르게 먹지 않아도 배가 부르고, 고소하고도 달콤한 기억들이 새록새록 떠올라 어느덧 시간여행에 잠기게 된다. 뻥튀기는 추억의 과자로 이따금씩 우리를 천진난만한 그때의 시간으로 우리를 데려다준다.

튀밥 속에는 한 움큼의 뻥도 없다.

폭발하는 봄
하얀 벚꽃들
무더기무더기 쏟아져 나온다

거리와 골목이
안개꽃 향기로 자옥해진다

뻥이요 뻥이요
아무리 외쳐도 아무도 믿지 않는
즐거운 뻥튀기

아무리 싸도
행복은 싸구려가 아니다

「튀밥」

매듭

모든 것이 매듭이다. 어떤 것은 풀어야 하고, 또 어떤 것은 지어야 한다.

매듭 없는 끝은 없다. 매듭을 짓지 못하면 아무것도 안 된다. 일만 더 크게 벌어지고 이것저것 뒤죽박죽이 되면서 모든 것들이 헝클어지고 만다. 묶어야 한다. 묶는 것이 매듭이다. 하다못해 신발 끈도 묶어야 하고, 쌀자루도 묶어야 한다. 문장 또한 단락이 있어야 구분되고, 제프리 초서의 『캔터베리 이야기(Canterbury Tales)』에서 보듯이 개미의 행렬과 같이 끝없이 이어지는 아주 긴긴 이야기도 매듭을 짓고 마침표를 찍어야 끝이 난다.

매듭은 우리의 일상생활 전반에 걸쳐 폭넓게 자리 잡고 있다. 우리나라의 매듭은 전통적으로 다양한 문양(紋樣)을 이루는 장식적인 매듭으로 주로 의생활과 실내장식 등에 활용되어 왔다. 명주실을 소재로 하여 색감이나 조형미가 아름답고 예술성이 높다. 또한 캠핑이나 낚시, 그물 등에서는 필수적인 기술이다. 남자들이 양복을 입고 넥타이(necktie)를 매거나 여자들이 스카프를 묶는 넥 보(neck bow), 한복에서의 대님과 저고리, 두루마기 등에서 볼 수 있듯이 끈을 묶는 것 모두가 매듭의 한 형태다. 항구에서 배를 맬 때도 매듭이 필요하고, 암벽등반에서도 마찬가지다. 옭매듭, 이중 피셔맨즈 매듭, 8자 매듭, 보라인(bowline) 매듭 등 여러 가지 다양한 형태의 매듭이 있으며, 모두 등반자의 안전과 직결되어 있다. 풀 수는 있지만 자연적으로 풀리는 매듭은 잘못된 매듭으로 일을 망친다. 쌀자루가 풀어지면 쌀이 땅바닥에 쏟아지고, 신발 끈이 풀어지면 넘어지고, 자일이 풀리면 목숨은 담보할 수 없게 된다. 그만큼 매듭은 중요하다. 또한 자연에서 아무렇지도 않게 거미줄에 물방울이 매달려 있는 것을 볼 수 있는 것도 거미의 기막힌 비법이 숨겨져 있다. 이슬이나 비에 거미줄이 젖으면 일정한 간격으로 줄의 일부가 꼬이면서 마름모꼴의 아주 미세한 매듭이 지어지기 때문에 물방울이 맺히는 원리다.

우리나라에서 매듭은 특히 조선시대에 발달하고 성행하여 등, 노리개, 수젓집, 주머니, 족두리, 선추(扇錘) 등에서 많이 쓰였다. 기타와 같은 현악기에서도 현의 장력을 유지시켜 주는 것도 매듭이며 이 매듭으로 아름다운 연주를 가능하게 해준다. 우리나라의 전통 매듭은 앞면과 뒷면의 모양이 똑같고, 좌우 대칭을 이루며, 중심에서 시작하여 중심으로 끝나는 특징이 있다.

매듭은 상처를 봉합할 때 쓰는 외과결찰(外科結紮)은 물론 현대의 과학과 같은 학문에서 DNA 구조나 바이러스의 행동 유형을 연구하는 데 쓰이기도 하며, 미술 분야에서도 아동의 지적 발달에 유용하게 쓰이고 있다. 이제 매듭은 첨단 과학 기술과 문명이 비약적으로 발전하는 21세기에서도 기호가 아닌 필수다.

매듭은 일상이다. 반복된다. 그렇지 않으면 일은 누적되고 우리는 심리적으로나 신체적으로도 피곤해진다. 지금은 풀수도 없지만 아직도 풀리지 않는 매듭이 하나 있다. 바로 '고르디우스의 매듭'이다. 아시아를 정복한 알렉산드로스 대왕이 이 매듭을 단칼에 잘랐다. 자른 것도 매듭을 푸는 하나의 방식이라고 우기면 할 수 없는 일이지만 그럼으로써 매듭은 영원히 비밀에 싸이고 아무도 풀 수 없는 수수께끼가 되었다. 매듭을 칼 대신 손으로 잘 풀었었다면, 알렉산더 대왕과 대제국의 운명은 달라졌을지도 모른다. 그러나 이 또한 억측에 가깝지만 일리가 있다. 매듭을 푸는 것은 짓는 것의 역순이다. 순역(順逆)과 역순(逆順)은 서로 반대지만 그 처음과 끝을 공유하며 서로에게 닿아 있다. 어떠한 매듭이든 잡아당길수록 단단하게 죄어지며 마찰력에 의해 고정된다. 또한 매듭을 지어 묶고 남는 부분을 '상비부분'이라 하는데 어느 정도의 길이가 여유로 남아 있어야 한다.

오늘 하루도 매듭을 지어서 삶은 이어지며, 꽃이 피고 열매가 맺는다. 마디마디 뭉툭한 우리의 손도 노동이 지은 건강한 삶의 매듭이다. 우리는 매듭을 짓고, 이 매듭을 붙잡음으로써 삶의 비탈을 오르내린다. 🌿

몸을 가진 것들은 모두
마디마디가 매듭이다

소도 말도 대나무도 쇠무릎도 사람도 다
마디마디 매듭으로 산다

매듭이 닳으면 무너지고
매듭이 풀리면 널브러진다

뼈 마디마디가 쑤시고 아프다면
매듭이 풀리고 있는 것이다

걸으면 단단히 조여지고
멈추면 끈들이 느슨해진다

「몸」

시작이 그랬듯이 끝도 너다
발원하는 샘물이 너였고,
흐르는 시냇물이 너였고, 봄꽃들이 너였고
눈비가 너였고, 삼각산이 너였다
너를 만나 예까지 잘 왔다
고맙다, 참 고맙다!

저자소개

이종성

- 충남 부여 출생
- 1993년 월간문학 시 당선
- 시집 『바람은 항상 출구를 찾는다』, 『산의 마음』 등
- 산문집 『다 함께 걷자, 둘레 한 바퀴』, 『지리산, 가장 아플 때 와라』,
  『산과 사람의 사계 북한산』 등
- 수주문학상, 한국산악문학상 등 수상
- 현재 '숲과문화', '공간시낭독회' 등에서 활동 중이며,
  설악산 자락에서 별들과 호미 들고 살고 있음

저자와의
합의하에
인지첩부
생략

서울, 골목길 이야기 1

2022년 6월 5일 초판 1쇄 인쇄
2022년 6월 10일 초판 1쇄 발행

저 자 이종성
펴낸이 진욱상
펴낸곳 백산출판사
교 정 박시내
편집디자인 오행복
표지디자인 오정은

등 록 1974년 1월 9일 제406-1974-000001호
주 소 경기도 파주시 회동길 370(백산빌딩 3층)
전 화 02-914-1621(代)
팩 스 031-955-9911
이메일 edit@ibaeksan.kr
홈페이지 www.ibaeksan.kr

ISBN 979-11-6639-233-7 03810
값 20,000원